에펠탑에 가면 사랑이 있을까요?

에펠탑에 가면 사랑이 있을까요?

박나형 지음

W미디어

　　나이를 한 살 두 살 먹기 시작했다. 마음은 여전히 이십 대의 어디쯤을 살고 싶어 했다. 그러나 체력은 점점 떨어지기 시작했고, 나의 삶도 나이의 무게만큼 무거워졌다.

　　어린 시절에는 예상하지 못했던 일들이 삶이란 시간이 쌓이면서 생겨나기 시작했다. 나는 당황하는 일이 많았다. 그러나 어쩌겠는가? 삶이 주는 것들을 피할 방법이 없다는 것쯤은 알게 되는 나이가 되었으니 말이다. 혼자 보이지 않는 잔잔한 발버둥을 해보지만, 삶은 내 발버둥 같은 건 신경 쓰지 않는다.

　　함께 어울리던 친구들은 한 명 두 명 결혼을 했고 나 혼자 남게 되었다. 내 계획에는 없던 일이었다. 왜냐하면 나 역시 남들과 비슷한 나이에 결혼하고 아이를 낳고 별반 다를 것 없는 삶을 살고 있으리라 생각했으니 말이다. 그러나 그 생각은 와장창 무너졌다. 친구들은 나와 다른 삶을 찾아 떠나갔고 나만 덩그러니 남았다. 나는 우두커니 서서 "대략 난감하다"라는 말을 내뱉고 있었다. 그렇게 나와 친구들은 출발점은 같았을지 몰라도 새로운 선택의 길이 생겨나기 시작하자 조금씩 달라지기 시작했다.

당연히 삶에서 혼자인 시간은 필요하다. 그리고 그 시간은 나를 성장하게 한다. 때로의 고요함은 나에게 평안을 선사하기도 하니 혼자의 시간은 소중하다. 그러나 혼자라는 시간을 어떻게 보내야 하는지 모르겠다는 건 사실이다. 친구들이 다 떠나고 나는 나와 우두커니 바라보며 서 있었다. 다른 사람을 바라보고 싶었지만, 그들은 그들의 인생을 향해 달려갔기에 바라볼 것은 나 자신뿐이었다.

나란 사람은 그대로인데 세상은 점점 변했다. 혼자가 된다는 사실이 슬퍼지기 시작했다. 그러나 나는 어떻게든 버텨내야 했다. 나란 사람을 데리고 일단 이 생을 살아야 하니 말이다. 아마 나를 아는 사람들은 "네가 혼자인 걸 힘들어한다고?"라는 의문사를 툭툭 던질 거다. 그러면 나는 "네, 저도 그대들과 별반 다를 것 없는 나이만 먹어가고 있는 외로운 한 인간입니다"라며 마침표를 찍어 답을 해본다.

처음 용기를 내서 한 일은 영화를 보는 일이었다. 깜깜한 영화관에서는 내가 혼자인지 둘인지 신경 쓰는 이가 없을 것 같았다. 그래도 처음인지라 남들의 시선이 너무 신경 쓰였다. 영화가 끝나자, 영화의 내용은 제대로 기억나지 않았다. 미션을 수행하듯 혼자 있는 시간 하나를 버텨낸 것 같았다. 그런 것을 배워야 한다고 단 한 번도 생각해보지 않았지만 나는 배워야 했다. 그리고 혼자라는 시간을 잘 보내기 위해서는 나란 사람과 잘 지내야 했다.

그런데 나는 나란 사람이 누군지 잘 몰랐다. 나로서 이렇게 많은 시간을 살았는데도 '나는 누구일까?'에 대해서 답하는 게 어려웠다. 그래서 나는 여행을 떠났다. 내가 누군지 아무도 모르는 곳에서 나를 보고 싶었다. 그래서 나를 찾았냐고 묻는다면, 진행 중이라고 말하고 싶다. 직장인이 시간을 내서 갈 수 있는 한 많은 곳을 여행하려 했다. 사람들은 왜 그렇게 여행을 가냐고 했지만 나는 세상에 나를 던져보고 싶었다.

그렇게 시간이 흐르고, 나는 혼자서 무언가를 잘하는 사람이 되었다. 그러나 아직 타인의 시선에서 자유로운 사람은 아니었다. 혼자라는 것을 잘 하긴 하지만 가끔은 혼자라는 것을 눈치 보고 사는 사람이라고 말하고 싶다. 누가 눈치를 주는 것도 아닌데 눈치가 보인다. 이상하지만 그렇다.

이런저런 고민을 한가득 가지고 사는 어느 날 사람들과 이야기 하면서 알았다. 그들 역시도 혼자 덩그러니 남게 된 어느 순간이 있었고 나름의 방법으로 혼자됨을 견디고 있었다는 사실을 말이다. 그리고 열심히 사는 삶에 가끔은 아무것도 남지 않았음을 발견하고는 좌절과 무력감을 느낀 적이 있다는 것도 나와 같았다.

　사랑도 그랬다. 주민등록증과 올해의 연도가 멀어질수록 설레는 감정은 점점 사라질 거로 생각했지만, 아니었다. 사람들 앞에서는 사랑이란 감정을 '쿨'하게 생각하며 넘겼지만 나는 여전히 사랑을 꿈꾸고 사랑 앞에 질척거리는 사람이었다. 나는 매번 설레는 사랑을 꿈꾸지만 내게 그런 드라마 같은 일은 단 한 번도 일어나지 않았다. 그래서 "드라마에서만 그런 일이 그려지나?"라는 생각도 했다.
　여행을 갈 때 내 옆자리에 멋진 남자가 앉아주기를 바라지만 그런 일은 한 번도 없었다. 그래도 나는 '망각이란 선물'을 받아 매번 설렘을 기대한다. 아닌 줄 알지만 기대하는 내가 웃기기도 하고, 슬프기도 하다.

　이런 나의 감정들을 나와 같은 나이를 지나는 사람들과, 앞으로 지날 사람들, 그리고 이미 지나온 많은 사람들과 나누고 싶었다. "이상한 게 아니라, 나도 그랬고 당신도 그렇습니다"라고 말해주고 싶었다. 많은 시간 "나만 그런가?"라는 생각에 힘들었다. "나만?"이라는 글자는 언제나 슬픔과 화를 불러오게 했다. 그래서 나의 글은 위로라기보다는 '공감의 언어'를 그려 내는 거라고 말하고 싶다. 애써 위로하지 않는다. 그저 "나만?"이 아니라, "저도 그랬어요"라고 말하고 싶었다. 그래서 나는 이 글에 공감을 적고 싶었다.

내가 적어 내려간 이 '공감의 언어들'이 누군가의 마음에 살포시 내려앉기를 바란다. 비록 누군가와 마주 앉아 이야기하는 것은 아니지만, 이 책의 문장과 단어들이 당신의 삶에 공감하기를… 그리고 때로는 친구처럼 존재하기를… 그래서 삶의 찰나, 어느 순간은 따뜻해지기를 바라본다.

차례

1장

캐리어를 끌고 체크인합니다

30인치 캐리어는
내 마음을 번역해 줄까?

나는 내일 파리Paris로 떠난다.

세상에나 파리? 파리가 나를 부르는 건지 내가 파리를 원하는지는 몰라도 조금의 교집합은 있겠지. 나는 그 교집합을 아름답게 칠하고 싶어졌다. 파리 여행을 위해 서점에 들러 책을 구매하고, 여행자 카페에도 가입했다. 여행을 준비하는 시간도 내게는 행복이라 들뜨고 설레었다. "나의 파리. 너를 만나기 위해 아주 오랜 시간을 기다렸어. 기다려, 내가 간다. 나의 소중한 파리여." 이렇게 중얼거리며 파리 분위기가 나는 음악을 틀었다. 그리고 30인치 캐리어를 거실 중앙에 턱 하니 놓고 경건하고 정갈한 마음으로 캐리어의 지퍼를 열었다.

시작합시다. 두둥… 두두둥… 〈하얀거탑〉에 나왔던 노

랫소리를 입으로 중얼거렸다.

여행에 필요한 것들을 미리 적어둔 종이를 꺼냈다. 의사가 메스를 들고 수술을 집도하듯 나는 빨간펜을 꺼냈다. 그리고 빨간색 줄을 '짝짝' 그으며 하나둘 짐을 싸기 시작했다. 콧노래를 부르며 짐을 싸는 나를 보던 엄마의 한마디. "나는 집이 제일 좋은데, 너는 그렇게 여행 가는 게 좋으니? 그리고 30인치 냉장고 같은 가방은 왜 들고 가니? 누구라도 데려올 거니? 그 가방에"라며 나를 쳐다보셨다. "엄마, 나는 여기에 파리가 주는 행복을 담아 올 거야. 사실 이민 가방이라도 사고 싶은 마음이야"라고 말하며 빙긋이 웃었다. "내 딸이지만 참 모르겠다"라며 잔소리하던 엄마의 말은 오른쪽 귀로 들어와서 왼쪽 귀로 춤추며 나가버렸다. 사실 그 어떤 말도 내 귀에 들어오지 않았다. 내 마음은 이미 파리로 향하고 있었으니까.

어떤 여행도 마찬가지겠지만 여자 혼자 유럽에 가기 위해서는 여러 가지 준비가 필요했다. 동행자가 있다면 서로 의지할 수 있겠지만 나는 혼자다. 나라는 사람을 잘 데리고 갔다가 한국에 잘 데려다줘야 한다는 생각에 나름의 책임감이 '불끈' 솟았다. "유럽은 소매치기가 유명하니까 현금을 잘 지키는 일이 중요해. 타지에서 돈 없는 미아가 되는 건 너무 끔찍하니까"라고 생각하며 돈을 지키는 방법을 검색하기 시작했다. '복대'가 가장 흔한 방법이었는데 나란 사람은 패션을 사랑하기에 복대에 돈을 넣어 두는 건 안 될 것 같았다. "복대를 옷 안에 넣으면 옷의 핏이 살지 않아." 이렇게 생각하면서 다른 방법을 검색하기 시작했다.

어머나! 신기한 방법을 발견했다. 한 여자 유튜버가 유럽여행 때 현금을 지키는 방법을 설명하고 있었다. 돈을 반으로 잘 접고 비닐봉지로 몇 겹씩 포장해서 브래지어 속에 넣는 거였다. 어떻게 그게 가능하냐고? 브래지어 속에는 볼륨을 위해 패드를 넣는 공간이 있다. 그 패드를 넣는 공간에 현금을 넣는 거였다. 걱정하지 마시길, 피부와는 닿지 않으니까. 단 오늘 사용할 돈은 지갑에 넣는 센스 정도는 있어야 한다. '이거다'라는 생각과 함께 나는 여행 내내 그녀의 방법으로 파리를 여행했다. 그 결과 나의 돈은 안전하게 내 품에 있다가 파리의 상점들로 찬란하게 흩어졌다.

"안녕~ 나의 유로화들이여. 그래도 '택스리펀Tax-Refund'으로 일부는 나의 품으로 돌아왔구나. 고마워."

유별나 보일 수 있지만 어쩌겠는가? 나는 동양의 작은여자고 겁도 엄청 많으며 '걱정 과다 증상'을 보이는 사람이다. 그래서 나를 위한 안전장치가 필요한 사람이다. 나는 돈은 잘 지켰지만, 매일 밤 오른쪽 왼쪽 돈의 비율을 잘 맞춰 줘야 했다. 비율이 맞지 않으면 외관상 좀 이상하게 보일 테니 말이다. 또 나의 작은 가방에 자물쇠도 잠갔다. 여행을 하면서 가방이 열렸는지 닫혔는지 신경 쓰고 싶지 않았다. 그래서였을까? 그 누구의 접근도 없었다. 가끔 길을 걷다가 무서운 느낌이 들면 최대한 무서운 표정을 지었다. "나 건들지 마. 지금 굉장히 기분이 안 좋아"라는 표정과 함께 경보선수처럼 그 거리를 지나갔다. 내 말을 듣는 누군가가 "그렇게까지 해서 가야 해?"라고 묻는다면 "yes"라고 답할 거다. 나는 여행이 주는 감동과 성장을 믿는 사람으로, 나에게 많은 세상을 경험하게 하고 싶었다. 나는 나를 잘 키우고 데리고 살아야 하는 의무가 있으니 말이다.

캐리어에 짐과 함께 여기저기 나뒹굴고 있던 나의 마음도 넣었다. 나의 마음은 놀란 눈을 동그랗게 뜨고 나를 쳐다봤다. 왜냐하면 평소에는 관심을 주지도 않던 주인이 갑자기 여행을 가자며 자신들을 여행 가방에 넣고 있었으니 말이다. 과한 친절이 난무하는 이런 상황을 내 마음은 어색해했다. 익숙하지 않은 이 상황에 당황해하며 '삐죽삐죽' 튀어나오려 했지만 곱게 다시 넣었다. 사실 내 마음은 항상 나에게 다양한 언어와 표정으로 무언가를 이야기하고 있었다. 그러나 나는 알고 싶지 않았다. 그렇게 모른척하던 시간이 길어지자

아팠고 공허했다. 상처가 패이고 패여서 도저히 견딜 수 없었다. 내 마음이 무슨 말을 하는지 알아야 했다. 그러나 너무 오랜 시간 외면했기에 내 마음이 무엇을 원하는지 알 수 없었다. 나는 정말 내 마음과 소통해야 했다.

그러기 위해서는 표면상 드러나는, 남들이 아는 '나' 말고 진짜 '나'를 알아야 했다. 미셸 드 몽테뉴의 『우리 마음은 늘 우리 저 너머로 쏠려 간다』의 책에는 이런 말이 있다. "타인을 위해 나를 그리다 보니, 내가 원래 갖고 있던 색깔보다 더 선명한 색깔로 나를 채색했다'는 말처럼 나는 나의 색을 잃어버린 듯했다. 타인에게 맞추려 몇십 년을 덧칠하다 보니 흙빛이 되어가고 있었다. 이제는 나만의 퍼스널컬러를 찾아야 했다. 피부색을 진단하듯 실장님이나 원장님이 대신 확인해 줄 수는 없다. 오로지 나만이 찾을 수 있는 일이다. 그러기 위해서는 나에게 어떻게 다가가야 하는지부터 알아야 했다.

나는 매번 나에게서 도망치고 싶었다. 나의 마음을 보고 싶지 않았다. 내 마음이 눈물짓고 있다는 것을 알았지만 외면했다. 보는 순간 아플 거란 것을 알기에 도망치고 싶었다. 최대한 멀리 갔고, 그 마음을 잘 숨겼다고 생각했다. 그런데 아니었다. 그저 사십 년 동안 도망 전문가가 되어 있었다. 그리고 나를 전혀 모르는 사람이 되어 있었다. 나를 잊어버렸다. 그래서 나는 나를 찾고 싶어서 여행을 시작했다. "꼭 여행을 가야 너를 찾을 수 있어?"라고 묻는다면 나는 "누구의 딸도 누구의 친구도 그 누구의 누구도 아닌 오로지 나로 존재하는 곳, 낯섦이 한가득 펼쳐진 곳에서 나는 나를 보고 싶어"라고 말하고 싶었다. 그곳에서는 오로지 내 이름 석 자만 존재하니까. 낯섦조차도 설렘이 될 수 있는 곳이 여행이니 나를 알 수 있지 않을까 했다. 일단 나는 떠나고 싶었다. 정의하지 말고 좋은 것만 하려고 하지 않고 있는 그대로를 담아 오고 싶었다. 여행지에서 나를 찾을 수도 있고 못 찾을 수도 있지만 저질러 보고 싶었다. 내 삶의 파랑새를 찾고 싶었다. 비록 파랑새가 내 방에서 나를 보며 웃고 있다고 해도 나는 떠나야 했다.

파리행 비행기에 몸을 실으면서 "일단 먼 타국에서 밥은 사줄 게, 굶기진 않을 테니까 걱정하지 마. 잘 지내보자. 도착해서 스테이크랑 와인 먹을까?"라고 이야기했다. 복잡한 생각들을 캐리어에 담았다. 그 생각들은 다시 집으로 데리고 올 수도, 파리에 두고 올 수도 있지만 해보고 싶었다.

출발한 지 얼마 안 되어 맛있는 냄새가 비행기를 가득 채웠다. 그건 바로 기내식이 나온다는 뜻이다. 나는 기내식을 좋아한다. 왜냐하면 기내식을 먹는다는 건 내가 어디론가 향하고 있다는 뜻이니까. 나를 찾겠다는 심오한 생각을 하는 도중에 기내식이 나오는 냄새에 기분이 하늘 위로 상승하고 있었다. 이토록 심각했다가 바로 깨방정스러워지는 나는 좀 이상한 구석이 있는 건 확실하다. 기내식을 담은 카트가 내 앞에 멈춰 섰다.

나는 곧바로 우아한 표정으로 스튜어디스 언니에게 "와인으로 주세요. 감사합니다"라고 말했다. 그렇게 와인 한 모금을 입에 넣고는 오스카 와일드의 말을 떠올렸다. "자신을 사랑하는 것이야말로 영원한 로맨스의 시작이다." 이 로맨틱한 말을 다시 한번 나에게 말해본다.

"이제 너와 로맨스를 시작할 준비 되었니? 30인치 캐리어에 내 마음을 살짝 넣어 볼 게. 내 마음을 번역해 줘. 사랑스럽게."

하루에 옷 세 번은
바꿔 입어야지

나에게는 '여행메이트'가 있었다. 있었다고 말하는 건 그녀가 결혼했기 때문이다. 결혼했다고 여행메이트가 아니냐고 묻는다면 그녀에게는 나보다 더 진한 '소울메이트'가 생겼다는 말로 답변을 대신하고 싶다. 아마 해당 사건이 일어난 건 우리의 두 번째 여행으로 기억한다. 바야흐로 여름이었다. 그녀와 나의 휴가는 태국의 '방콕'으로 정했다. 방콕이라니? 우리는 설렘을 한가득 가지고 비행기에 몸을 실었다.

우리는 최대한 멋도 부렸다. 아무도 우리를 보지 않지만, 립스틱을 꺼내 입술에 발랐다. 그리고 비행기를 많이 타본 사람처럼 여유롭게 행동했다. 사실은 가슴이 두근거려서 심장이 튀어 나가려 하는 것을 간신히 붙잡았다. 대부분의 사람들은 우리의 표정과 행동에 관심이 없겠지만, 누군가는 알았을 수 있다. '여행 초보 딱지가 이마에 붙어 있구먼.' 이렇게 말이다. 서툰 것이 뭐 어때서라고 묻는다면 나이가 들수록 능숙해 보이고 싶은 것이 나의 마음이라고 해두고 싶다. 내 마음도 들뜨고 비행기도 땅을 떠났다. 맥주나 와인은 자제하려고 했다. 5시간 채 되지 않는 비행이라 입국 심사 때 나의 얼굴이 '불타는 고구마'처럼 보일 수도 있다는 걱정 때문이었다. 가뜩이나 긴장했는데 얼굴까지 붉어지면 곤란하니 말이다.

이런저런 설렘 속에 우리 비행기는 방콕 수완나품 공항에 무사히 착륙했다. 방콕에 도착하자 습하고 뜨거운 공기가 우리를 환영했다. 땀이 촉촉이 아니라 축축하게 흘러도 좋았다. 화장의 반은 이미 실종된 상태였다. 그러나 입술은 사수해야 했기에 재빨리 립스틱을 꺼내 발랐다. 여자들은 대부분 공감하지 않을까? 입술이 지워지면 아픈 사람처럼 보인다는 것을 말이다. 화장은 지워져도 입술은 사수해야 한다. 우리는 어떤 상황도 웃음으로 대할 수 있었다. 우리는 여행자고 여기는 방콕이니까. 숙소에 짐을 맡겨놓고 이곳저곳을 구경하기 시작했다. 우리는 끊임없이 사진을 찍기 시작했다. 같은 자리 같은 포즈, 사람만 달라진 나와 친구의 사진들이 하나둘씩 쌓였다.

일단 첫날이고 체크인을 하기 위해 늦지 않게 숙소로 돌아왔다. 우리는 짐을 풀어놓은 뒤 저녁을 먹기로 했다. 친구와 나는 각자 자리를 잡고 짐을 정리하기 시작했다. 한참을 정리하다가 그만 주저앉아 웃기 시작했다. 왜냐하면 둘 다 한 달 치 옷 가방을 꾸려 온 거였다. 4박 5일 여행에 옷을 얼마나 갈아입으려고 그랬을까? 그것도 둘 다. 옷걸이는 당연히 부족했고, 선반과 소파에 옷을 차곡차곡 쌓아놓으니 옷 가게가 따로 없었다. 둘이 침대 위에 널브러졌다. 그리고 우리는 서로 마주 보면서 "다음에는 절대 이렇게 많이 들고 다니지 말자. 꼭! 옷 장사하는 것 같아. 웃기지만 우린 친구 맞다. 역시 천생연분이다." 이렇게 이야기하면서 방에 옷을 쌓아놓은 채 저녁을 먹으러 나갔다.

하루에 3번의 옷을 갈아입어도 남을 만큼의 옷을 챙겨 온 우리. 과연 그렇게 바꿔 입었을까? 당연히 아니다. 여행의 시간이 지날수록 지쳐서 이쁜 옷보다는 편안한 옷을 찾게 되었다. 가지고 온 옷의 2/3 이상은 콧바람도 쐬지 못한 채 나와 귀국했다. 그리고 옷들은 죄다 세탁기로 들어갔는데 엄마를 또 한 번 놀라게 했다. "도대체 무슨 일이니?"라는 말에 나는 쑥스러운 듯 살짝 웃으며 방으로 들어가 버렸다.

열정을 과다하게 뿜어내던 서툰 날의 일화라고 부르고 싶다. 그런데 간혹 그 과다한 열정이 그리워지는 날이 있다.

나이의 시간을 따라가다 보면 열정보다는 안정에 취하기 마련이니까. 이미 식어버렸거나 잠들어버린 열정을 불러내는 일은 쉽지 않다. 열정을 불러내기 위해서는 변화를 받아들이고 두려움과의 기 싸움에서 이겨야 한다. 그 열정이 무모하거나 의미 없는 이상한 것이라도 말이다.

지금 나의 여행은 그때만큼 무모하거나 열정적이지 않다. 편안함이 좋아지고 자연스러움을 사랑하게 된다. 물론 그렇다고 미니멀리스트로 캐리어를 준비하는 건 아니다. 단지 열정만을 가지고 일을 처리하지 않는 약간의 조율점이 생겼다고나 할까?

사실은 열정을 대할 자신이 없다. 도전 정신도 없다. 지금의 나는 세월의 물길 앞에서 나만의 방지막을 만들어 몸을 의탁해 살아간다. 안전지대를 구축 중이라는 말이 맞을 것이다. 체력이 새로움을 허락하지 않고 감정의 소용돌이 역시 버티어 낼 자신이 없기 때문이다. 그래도 가끔은 열정이 피어나서 나의 볼이 빨갛게 상기되는 삶을 살아보고 싶다는 생각이 들었다. 생각한다고 되살아나는 건 아니지만 그래도 혹시 한번 불러본다.

"나의 열정아, 너는 어디 갔니? 불이 꺼진 거니? 혹시 그때의 기분을 내면 열정의 살사댄스를 추며 나를 찾아올 거니? 그럼, 열정 한번 불태워볼까? 열정을 불태우는 데는 여행인가? 어디 한번 짐 싸봐? 왕년의 실력을 한번 보이려면 옷장부터 열어야겠지? 놀라지 마. 나의 열정 앞에."

영어 기초 밭의
자료 수집가

몇 년 전 영어 공부를 하기 위해 학원에 등록했다. 선생님께서 들어오시더니 "여러분, 이제부터 수업 시간에는 영어 이름으로 서로 부를 거예요. 돌아가면서 생각나는 이름을 말해주세요"라고 하셨다. 나는 "엠마"라고 했다. 왜 엠마냐고 물어보면 딱히 할 말이 없다. 그 순간 갑자기 떠오른 영화가 〈해리포터〉였다는 간단한 설명을 덧붙여 본다.

그곳에서 만난 짙은 향기의 인연이 있다. 그녀의 이름은 '루시.' 우리는 영어학원에서 만난 인연으로 지금까지 친밀함을 공유하고 있는 사이다. 사실은 내가 너무 사랑하는 언니다. 영어학원을 다니지 않는 지금도 서로를 '엠마와 루시'로 부른다. 사람들의 눈에는 '외국에서 살다 왔나?'라는 착각을 줄 수 있다는 위험성이 존재하지만 말이다. 그래도 나는 그녀를 '루시'라고 부르는 게 더 익숙하다. 그녀 역시 마찬가지다.

우리가 서로를 영어 이름으로 부르고 있는 건 "영어에 대한 마음을 놓지 않겠다는 굳건한 다짐인가?"라는 생각도 해본다. 우리만의 소박하고 귀여운 다짐 같은 것 말이다. 다짐이 너무 소박했던 걸까? 그때부터 우리는 수많은 시간이 지났음에도 여전히 영어의 기초 밭을 헤매고 있다. 물론 기초의 늪을 아직 빠져나가지 못한 건 나의 부족한 노력이라고 반성을 해본다.

반성과 함께 나는 오늘도 새로운 영어 유튜브 영상을 탐색하고 있다. 정확히 말하면 영어를 공부하는 것이 아니라 영어 자료를 수집하는 수집가인 듯하다. 유튜브의 나중에 볼 재생목록에는 저장된 영상이 너무 많아 부담스럽다. 요즘은 아예 저장된 영상을 찾아보지도 않는다. 영어 채널 구독은 또 몇 개인가? 구독한 영상을 몇 개 보다가 마음이 급해지니 다른 영상을 본다. 혼자 바쁘기만 하지 남는 것이 없는 장사다.

루시 언니와 나는 만나면 아직도 영어 이야기를 한다. 먼저 영어 기초 밭이 지겹다는 이야기를 시작으로, 기초 밭을 몇 년째 구르고 있는지 기초 책을 얼마나 샀는지에 대해서 이야기한다. 서로를 바라보며 자괴감을 느낀다. 또 본인이 얼마나 노력하지 않았는지에 대한 반성의 시간도 가진다. 그리고 너무 바빴다는 작은 변명과 함께 다음번 만남에서는 반드시 발전된 모습을 보이자고 다짐하며 떠난다. 웃긴 건 만날 때마다 이 이야기를 계속한다는 건데, 뫼비우스의 띠도 아니고 몇 년째 무한 반복이다. 지겨워야 하는데 여전히 영어 이야기를 할 때 눈이 반짝이는 걸 보면 '우리에게도 아직 희망이 있는 것 아닐까?'라는 긍정의 생각을 살포시 얹어본다.

솔직히 말하면 나는 지름길을 찾고 있었다. 공부에는 왕도가 없다는 말을 무시하고 빠르고 편한 길만 찾으니, 방법만 찾다가 지쳐버리는 것 같았다. 일단 그런 나를 반성한다. 그래도 여전히 '한 달 만에 완성' 이런 글을 보면 가슴 아래쪽부터 흔들흔들하는 건 부인할 수 없다. 진실이든 아니든 나를 흔든다. '왜 이렇게 잘 흔들거리지, 이렇게 유혹에 약한 사람이었나?' 하는 생각과 함께 다시 영어책을 펴본다.

고등학교를 졸업하면 공부에서 해방인 줄 알았다. 그런데 취업을 위해서는 다양한 공부가 필요했다. 그렇게 취업하면 끝이라 생각했다. 하지만 직장에서 버텨내고 성장을 위해서는 공부가 필요했다. 사십이 되면 치열한 공부가 필요 없을 거로 생각했다. 아니다. 나이가 들수록 더 치열한 공부가 필요했다. 왜냐하면 삶과 직결되는 것이었으니까. 자격증이 있어야 회사에서 버티어 낼 수 있었다. 누군가는 다른 일자리를 찾는 기회가 되기도 했다. 또 부모로서 가정을 지켜내기 위해 머리를 부여잡고 치열하게 공부하는 친구들도 많았다. 학교 때는 공부도 안 하던 애들이 지금은 스터디 카페에 있다. 머리를 부여잡고 한숨을 쉬면서 말이다. 누구는 박사학위를 따느라 머리도 빠졌단다. 슬프지만 이게 인생의 한 모습임을 부인할 수는 없다. 정말 인생은 계속 노력하고 배우고 좌절하고 다시 일어나서 눈물 닦고 걸어가는 게 아닐까? 라고 생각했다.

"그래, 포기는 배추 셀 때나 하는 거랬어. 나는 요리도 안 하는데 포기란 단어는 내 사전에 없다. 지워버려"라고 생각하며 다시금 마음을 부여잡는다. 그렇지만 공부하려고 앉으면 졸음이 오고 힘이 든다. 나의 체력은 회사에 두고 왔고, 부모가 된 내 친구들의 체력은 아이들에게 다 줘버렸다. 아무리 녹용과 홍삼을 섭취해도 예전의 체력이 아니다.

공부는 엉덩이 싸움이라는데 엉덩이에 근력이 없어서 그런가? 오래 앉아 있을 수가 없다. '엉덩이 운동을 더 해야 하나?'라는 말도 안 되는 생각을 하면서 의자에 나를 앉혀 본다. 그런데 어쩜 어린 시절이랑 이렇게 같을까? 공부하려니까 책상을 정리하고 싶고 갑자기 청소해야 할 것 같다. 어린 시절에는 공부하기 싫어서 배가 아프다고 했지만, 다 큰 성인이 된 지금의 나는 온몸이 아파져 온다. 삭신이 쑤신다고 하면 맞을까? 성인이 되니 자기 합리화의 달인이 되었다. '앗, 몸이 아프다!'라는 생각이 들면 지금 당장 공부를 쉬어야 하는 합리화를 시작한다. 그런 점에서는 비합리적이어도 되는데 나이가 들수록 자기를 위한 변명은 청산유수다.

하지만 그 어떠한 유혹에도 넘어가지 않겠다는 마음을 먹고 영어책을 다시 펴 본다. 영어책 한 페이지를 넘기는데, 루시 언니가 생각났다. 인생을 살면서 같은 곳을 보며 발버둥 치고 있는 사람이 있다는 게 너무 소중했다. 물론 기초 밭을 뒹구는 내가 사랑스럽지는 않다. 아주 혼내고 싶은데 혼낸다고 말을 듣는 내가 아니기에 "나는 포기하지 않겠어"라는 다짐을 다소곳이 해본다. 용기 있게 하기에는 조금 부끄러워서 말이다. 소심하게 나를 응원하다가 언니에게 하고 싶은 말이 생각났다.

"언니 고마워요. 같이 기초 밭을 뒹굴어 줘서. 우리 이번에는 꼭 탈출해요. 기초반을 넘어서 저기 free talking의 그곳을 정복하러 가요. 우리 커피 시켜놓고 원서를 우아하게 읽기로 했었죠. 지금 당장 여유롭게 원서를 읽지는 못해도 이번에 부산에 내려가면 분위기 좋은 곳에서 커피 마셔요. 그리고 나이가 들어도 패션을 놓지 않는 귀엽고 감각 있는 할

머니가 되기로 약속한 거 기억나죠? 우리 멋지게 살아요. 언니 내 옆에서 꼬물꼬물 영어를 같이 해줘서 고마워요. I love you."

"Beer Time"이라고
말해줘

나는 줄리아 로버츠가 주연으로 나온 〈먹고 기도하고 사랑하라〉라는 영화를 좋아했다. 처음에는 제목이 마음에 들었고, 영화를 보면서는 나오는 대사들에 격한 공감을 했다. 영화의 주요 무대는 이탈리아, 인도, 발리 세 곳이었는데 여행을 좋아하는 나에게 딱 어울리는 영화였다. 그 중 줄리아 로버츠가 이탈리아 이발소에서 친구들과 나눈 대화가 있다. "3주간 이탈리아 단어 몇 개 배우고 먹기만 했어"라며 자신을 자책하는 대사였다. 그 말을 듣던 이탈리아인 친구는 "미국인은 즐길 줄 모른다"며 열변을 토해내는 장면이 있었다. 즐길 줄 모른다는 말도, 자신을 자책하는 말도 나에게 해당하는 말들이었다.

그 이탈리아인 말처럼 살면 너무 좋겠지만 나는 그렇게 자유로운 영혼의 소유자가 아니다. 아직도 세상이 정해 놓은 규율과 보이지 않는 테두리에 갇혀서 사는 사람이다. 내가 자유롭다는 건 나의 테두리에서 내가 허용하는 만큼의 자유로움이다. 그러니 누군가 내게 "자유로워 보여요"라고 한다면 "혹시 제가 그어 놓은 테두리 보이세요? 저는 그 안에서만 자유로워요"라고 말할 수 있을 것 같다. 이탈리아인의 말을 듣다가 나의 이전 여행을 생각해 봤다. "진정 즐겼을까?"라고 묻는다면 "아니었지만, 점점 즐기는 마음으로 되어가는 중입니다"라고 말하고 싶다.

여행 초보자 시절, 나는 사진 속에 나를 담기 바빴다. 그런데 당연한 거 아니었을까? 시간과 많은 돈을 내야 했고 언제 다시 올지 모르니까. 그러나 여행의 횟수가 늘어나고 경험이 쌓이면서 이제는 조금씩 여행지를 마음에 담아 오기 시작했다. 지금은 블로그 속의 맛집을 일부러 찾지 않는다. 왜냐하면 맛집을 찾느라 내가 있는 곳의 느낌을 놓치는 순간들이 많았기 때문이었다. 매 순간은 아니었지만, 몇 번에 걸친 그런 경험 후에 나는 발길이 닿는 곳으로 향한다. 어딘가를 애써 찾으려 하지 않는다. 그렇게 나는 나만의 스타일로 여행을 만들어가는 중이다. 이제는 급히 서두르거나 다시 못 올지도 모른다는 생각에 애써 많은 것을 하려 하지 않는다.

부족하면 부족한 대로 두려고 한다. 두고 온 것이 있어야 다시 그곳을 갈 이유가 생길 테니까.

이탈리아인의 덧붙이는 말이 있었다. "미국인들은 즐기는 것도 말을 해줘야 한다며 'Beer Time'이란 말을 들어야 맥주를 사서 먹는 게 안타깝다"라는 대사였다. 그건 우리에게도 적용되는 말 아닐까? 우리 모두 쉬고 싶다고 생각하면서 온전히 쉬는 방법을 모르는 것 같다. 나 역시도 너무 쉬고 싶지만 쉬고 있으면 뭔가 모를 찜찜함이 올라온다. 집에 가만히 있는 것이 쉬는 걸까? 라는 생각에 하루 종일 있어 보면 하루를 무의미하게 보낸 것 같다. '나는 피곤하니 자야 해'라는 생각으로 억지로 침대에서 뒹굴뒹굴하다가 12시쯤 일어나면 그날 하루는 실패한 것 같았다. 남은 시간이 12시간이나 있음에도 불구하고 말이다. 주말에 밖에 나가는 날에도 수많은 사람에 치여서 피로감은 100% 상승이다. 육체 말고 정신이 쉬어야 하는데, 나의 정신은 쉬는 법이 없었다. 온전한 나만의 시간을 즐긴다는 것을 아직도 잘 못 하는 사람이다. 그래서 'Beer Time'과 같은 말이 들리면 나의 쉼이 정당화되는 느낌이 들어서 편했다.

나는 쉬는 것도 제대로 못 해 노는 것도 제대로 못 해, 아무것도 제대로 못 하는 어정쩡한 상태로 매일매일을 살아가는 것 같았다. 나는 나에게 온전한 쉼을 주고 싶었다. 뭐라는 사람도 없는데 왜 그럴까? 누구의 눈치를 보는 걸까? 십 분을 쉬든 한 시간을 쉬든 잔잔한 물결이 내 정신에 흘러 정화되는 시간을 주고 싶었다. 열심히 사는 법은 쏟아져 나오는데 쉬는 법은 아무도 가르쳐 주지 않았다.

어쩌면 나의 마음은 사십을 살면서 제대로 쉰 적이 없었으리라. 나는 스스로에게 쉼을 허락하지 않았다. 왜냐하면 나는 내가 인생에서 최선을 다하지 않는다고 생각했다. 노력한 만큼의 결과물이 내게는 거의 없었으니까. 물론 나의 노력이 부족했을 수도 있지만 말이다. 그래서 많은 순간 스스로가 마음에 들지 않았고, 나를 따뜻하게 볼 수 없었던 것은 사실이었다.

늘 쉴 자격이 없다고 생각했다. 이룬 것이 없다고 실패한 것이 아닌데. 쉼도 자격 타령하며 나를 못살게 굴었다. 그런 못난 마음을 붙잡고 살아가는 나에게 이탈리아어로 "돌체 파니엔테Dolce Far Niente(달콤한 게으름)"라고 혼자 외쳐 본다. 아직 그 뜻을 마음으로 온전히 이해하기에는 시간이 필요하다. 온전한 이해가 부족한 나는 달콤한 사탕 하나를 입에 넣어 본다. 의미는 달라도 달콤한 건 같으니까. 그리고 내가 좋아하는 의자에 앉아서 빙그르르 돌면서 나에게 말했다.

"너에게 쉼을 선물하고 싶어. 잘하면 어떻고 못하면 어때? 누가 그러더라. 70살이 되면 너나 나나 다 늙은 아픈 몸일 뿐이라고. 위로되는 말일까? 위로가 안 되더라도 이 순간만은 좀 쉬어 볼래? 눈치 보지 마. 당당하게 쉬어. 그런데 잘 안되지? 좀 어색한가? 그럼 나랑 술 한잔할래? 긴장이 좀 풀리려나. 일단 내가 'Beer Time'이라고 외쳐 볼게. 맥주잔 꺼내. 거기 냉장고 열어봐. 내가 미리 시원하게 해놨어. 내가 센스는 좀 있거든. 맥주 한잔 먹고 우리 릴랙스 해보자. 야~ 너는 지금까지 살아온 그것만으로도 이미 충분해. 잘살고 있잖아. 그럼 된 거지, 안 그래?"

파리에 가면
파리지엔 Parisienne

"마흔이 넘으면 그 누구도 젊지 않다. 하지만 나이와 상관없이 거부할 수 없을 만큼 매력적일 수 있다."

코코 샤넬이 한 말이다. 지금 들어도 너무나 매력적인 문장 아닌가? 코코 샤넬의 말을 떠올리다가 '파리 1호점 CAMBON의 샤넬 매장'이 떠올랐다. 그렇게 나의 기억은 샤넬 매장을 지나 샹젤리제 거리를 걷다가 개선문 앞에 도착했다. 나의 파리가 그리워졌다. 나의 파리라고 하면 엄청 친한 것 같은데, 나는 친하다고 생각한다. 파리의 생각은 어떤지 몰라도.

비록 우리의 만남이 몇 번 되지 않아도 "횟수가 중요한가? 한번을 만나도 얼마나 기억에 남느냐가 중요하지?"라는 주장을 해본다. 휴대전화 갤러리 폴더를 열고 지난 파리 여행 사진을 살펴보다가 한 사진을 보고 웃음이 터졌다. '베레모'라고 불리는 일명 빵모자를 쓴 나의 사진이 있었다. 감히 한국에서는 자신이 없어서 쓰지 못했다. 그러나 파리니까 나는 베레모를 준비했다. 검은색과 회색으로 말이다. 빨간색으로 도전하고 싶었으나 아직 그 수준의 용기는 없었다. 파리에 도착한 나는 베레모를 쓰고 한껏 멋을 부렸다. 한국에서는 '아이 부끄러워' 하면서 누가 쓰라고 해도 손사래 쳤을 텐데 말이다. 여긴 가능하다. 왜냐하면? 파리니까!

나는 여행을 가면 시티투어를 신청하는 편이다. 하루 동안 만들어진 코스를 다니면서 그 도시에 대해 듣는 투어인데 꽤 괜찮다고 생각한다. 파리 여행 역시 시티투어를 신청했다. 투어 내내 나는 베레모 쓴 사람으로 불리고 있었다. 어떻게 아냐고? "다들 오셨나요?" 하면 "베레모 쓴 언니 저기 오고 있어요"라는 말이 들렸으니까.

이 나이쯤 되면 멀리서도 자기 이름이나 자기 이야기는 다 알아듣는 초능력은 장착하고 있다고 생각한다. 지금 생각하면 온몸이 오글거리는데 그곳에선 괜찮았다. 여행자에게는 어떤 패션도 허용한다는 것이 나의 철칙이니까. 물론 보는 이들의 마음은 다를지 몰라도 나는 괜찮다. 그런 자유를 누리려고 떠나온 거니까.

그렇게 베레모 쓴 언니의 역할을 마치고 다음 날이 왔다.

숙소 근처 빵집에 들렀다. 버터 향이 나를 매혹했다. 그 향기와 다양한 빵 앞에서 나는 정신을 잃어가고 있었다. 가까스로 정신을 부여잡고 빵을 골랐다. 커피 한 잔과 빵을 베어 물고는 프랑스인들의 알아듣지 못하는 대화를 들으며 아침을 먹었다. 파리지엔이 된 것 같았다.

파리지엔의 기분을 충전하고 남은 파리를 구경하기 위해 거리로 나섰다. 거리를 걷다가 상점에 이쁜 옷이 보여서 안으로 들어갔다. 주인으로 보이는 중년 여자분이 나에게 물었다. 파리에 처음 오는 거냐고? 나는 두 번째라고 했다. 그랬더니 왜 파리에 오냐고 진지하게 나에게 물었다. 나는 파리를 좋아한다고 했다. 가뜩이나 큰 눈을 가졌던 주인은 더 동그래진 눈으로 나에게 다시 물었다. 대체 어떤 점이 좋은 거냐고? 나는 문화도, 공기도, 거리도, 사람들도 모두 다 좋다고 했다. 사람이 좋다는 말에 그분은 흠칫 놀라는 듯했다. 파리 사람들의 시크함을 그녀도 알고 있었나 보다.

나는 그 시크함도 좋았다. 적당한 친절과 남을 신경 쓰지 않는 자유로움. 그리고 예술가들이 사랑한 도시 파리. 그들의 숨결이 남아 있는 곳이라서 좋았다. 그 언젠가 이 거리를 피카소가 걸었고, 헤밍웨이가 앉아서 글을 썼을 것이다. 반 고흐, 모딜리아니, 살바도르 달리 등 많은 예술가가 존재했던 곳.

좋았다는 말 외에는 달리 할 말이 없었다. 그렇게 파리를 걷다 보니 "파리의 공기를 들이마시는 것은 우리의 영혼을 보존해 준다"라고 말한 작가 빅토르 위고의 말이 생각났다. 파리의 공기를 마시고 있는 지금 그 공기는 나의 온몸으로 들어와 잠들어 있는 나의 행복 세포들을 '톡톡톡' 깨우는 듯했다.

그리고 나이가 든 사람이든 젊은 사람이든 각자의 개성으로 멋지게 차려입고 있는 모습도 좋았다. 나이 든 여성분이 딱 붙는 하이웨이스트 치마를 입고 머플러를 두르고 길을 걷던 모습. 슈트를 빼입은 너무 멋진 남자의 모습까지 말이다. 사실 내가 슈트가 잘 어울리는 남자를 좋아하는 경향이 있다는 건 인정한다. 그런 남자들을 보면 설렌다.

다음날 다시 베레모를 쓰고 파리 사람들이 사랑하는 노천카페에서 커피를 시켰다. 그리고 눈부신 햇살을 받으며 책 한 권을 꺼냈다. 책이 눈에 들어오지 않는다. 하지만 나는 멋을 부리고 싶었다. 읽는 둥 마는 둥 하면서 커피를 마시며 지나가는 차와 사람들을 의식하며 여유를 한껏 부렸다. 나는 파리에 있고, 이미 마음은 파리지엔 아닌가? "봉주르!Bonjour!" 이게 행복 아닌가?

옆 테이블의 파리 남자도 커피를 마시고 있었다. 우연히 고개를 돌렸는데 눈이 마주쳤다. 그 남자가 살포시 웃어줬다. 마음이 흔들린다. 나도 아주 여유롭게 똑같이 눈인사를 해줬다. 이 나이에 무슨 주책이야 하겠지만 다들 경험해 봐라. 잘생긴 남자가 웃어주면 본능적으로 웃음이 난다. 잘생기면 다 오빠라는 말이 있지 않은가? 파리 남자에게 말을 걸지는 못했다. 내가 그렇게 대범하지는 못하다. 솔직히 말하면 '불나방처럼 뛰어들어야 했는데'라는 후회를 잠시 하긴 했다.

그를 두고 카페를 떠나는 나의 발걸음이 조금 무거웠지만 나는 떠나야 했다. 파리가 나의 다음 장소를 준비하고 있었기에. 혹시 모르지, 우리가 인연이면 다음 장소에서 다시 만날지? 두근거린다.

"나의 파리. 일단 거울 좀 볼게. 내 베레모의 각도가 잘 잡혀 있나 해서. 다른 이유는 없어."

질문과 대답은
아직도 소개팅 중이니?

    질문을 받는 건 어색하다. 사실 어색함을 넘어 부담스럽다. 물론 질문의 강도와 종류에 따라 다르겠지만 별로인 건 확실하다. 내 마음을 적당히 말할 수 있는 질문들은 괜찮다. 그러니까 내가 정해 놓은 범위의 질문들은 괜찮다는 이야기다. 그러나 내 마음을 더 열어내야 하는 질문들은 불편하다. 질문만 보면 불편한 내용이 아닌데, 나의 마음을 봐야 한다는 사실이 괴로워지기 시작한다.

    질문에 대한 답을 타인에게 이야기해야 하는 시간이 오면 도망가고 싶다는 마음이 간절하다. 내가 엄청난 비밀이 많은 사람이 아님에도 불구하고 질문은 '사절'이라고 하고 싶다. 질문을 받는 것도, 질문하는 것도 그다지 달갑지 않다. 어린 시절부터 '질문 있는 사람?'이란 이야기에 제대로 손든 적이 없는 것 같다.

　가만히 있으면 중간은 한다는 옛말처럼 나는 가만히 있었다. "가만히 있어서 너는 중간은 했니?"라고 물으면 그것도 대답할 수가 없다. 나는 '중간'이라도 하고 싶었다. 하지만 인생에서 오는 모든 질문과 대답에서 살아남기 위해서 버둥거리다 보니, 중간도 못 하고 있다고 솔직히 고백한다.

　얼마 전 소규모 강연에 간 적이 있었다. 대략 10~15명 정도가 강연을 듣는 거라 부담 없는 마음으로 향했다. 강의가 끝나갈 무렵 강사님이 질문지를 나눠주면서 "이 질문지에 대한 의견을 서로 나눠 보겠습니다"라는 말을 했다. 질문지가 부담스러워지기 시작했다. '바쁜 일이 있어 나가겠습니다'라고 말하기도 애매했다. 강의가 끝나고 커피타임이 있었기 때문이었다.

　그 강의는 자신에 대해 이야기하는 자리였기에 질문지의 내용을 대략 짐작할 수 있었다. 질문의 내용을 보니 평소에 스스로 생각하던 질문들도 있었다. 그러나 그 내용을 글로 적으려니 쉽지 않았다. 글로 적는 것도 문제였지만 타인에게 말할 수 있는 범위로 작성해야 한다는 게 쉽지 않았다. 타인에게 말할 수 있는 것과 말할 수 없는 것들이 인생에는 존재하니까.

질문은 10개 정도였고, 나는 주위 사람들을 힐긋 쳐다봤다. 다들 질문지를 보면서 열심히 작성하는 모습에 나도 볼펜을 꺼냈다. 도망칠 수 없기에 종이 위의 검은 글씨를 쳐다보기 시작했다. 그때 검은 글씨가 도도하게 선글라스를 슬쩍 내리며 "너는 이번에 얼마나 솔직할 거니?"라고 내게 묻는 듯했다.

그래, 나는 나에게 얼마나 솔직하면서 살았을까? 나는 누구도 듣지 않는 혼자인 순간에도 솔직하지 않았다. 솔직하다는 건 타인에게든 자신에게든 '용기'가 필요했으니까. 나는 내 감정을 드러내는 것이 어색한 사람이다. 아니, 겁이 난다. 나를 이야기한다는 것은 나의 부족함과 약함을 세상에 알리는 것 같았다. 어쩌면 내가 나의 진실과 직면해야 한다는 사실이 제일 무서웠다.

솔직하면 큰일이 날 것처럼 아주 많은 것들을 가슴에 품었다. 더 이상 품을 수 없는 순간들이 오자 커다란 삽 하나를 들었다. 마음속에 깊은 구덩이를 파서 그 속에 집어넣었다. 나의 나이만큼이니 얼마나 많은 구덩이가 있을까? 상상도 안 된다. 가끔 작은 바람 하나가 내 마음을 스쳤는데도 무너질 것 같은 날이 있었다. 아마도 마음이 구덩이를 더 팔 수 없다고 이제는 불가능함을 나에게 시위한 날이 아니었을까? 나는 스스로에게 솔직하지 못한 채 살았다. 많은 감정을 숨기고 살았다. 겹겹이 나를 포장했기에 진짜 나를 만나는 건 쉽지 않았다. 늘 마음은 화장한 채로 있었기에 메이크업을 지운 모습을 본 적이 없었다.

그러나 이제는 민낯을 보고 싶었고, 나와 친해지고 싶었다. 용기를 내야 했다. 감정을 쌓아두는 것이 아니라 나만의 방법으로 받아들여야 했다. 내가 파놓은 구덩이를 가만히 들여다보았다. 각양각색이었다. 살아오면서 했던 수많은 실수와 후회에 자신을 스스로 멍청하다고 생각했다. 자신을 미워하고 미련한 선택을 했다는 이유로 수 없는 날들을 질타했다. 나는 그 질타와 후회를 하도 많이 먹어서 마음 인바디 수치가 '초고도 비만'을 나타내고 있었다.

살기 위해서는 질문해야 했다. 그리고 답해야 했다. 나를 알아야 하니까. 너무 많은 나의 감정들을 고요한 침묵 속에 묻었고 어깨에 짊어졌다. 마음의 방 가득 무엇인지 모를 흐트러진 조각들뿐이었다. 나는 마음의 조각들을 모아야 했다. 그 조각들은 점점 날카롭게 변해 나를 찌르고 있었고, 더 이상 견딜 수 없었다. 질문과 답변 속에는 불편한 순간들이 존재한다. 불편하지만 그 불편함이 나를 성장하게 하는 건 맞는 것 같다. 어른이 되어가면서 알아가는 건 불편해도 해야 한다는 거다. 그리고 불편함이란 허들을 넘으면 깨닫는 것이 있다는 것을 아는 나이가 되었다.

나는 인생에서 일어나는 모든 일에는 이유가 있다고 생각하는 사람이다. 바로 알게 되는 경우도 시간이 지난 뒤 알게 되는 경우도 있지만, 삶에서 오는 모든 것들은 나에게 경험과 지혜를 준다는 것을 믿는 사람이다. 그러니까 용기를 내야 했다.

　　강사님께서 "이제 쓰신 내용들을 다 같이 나누어 볼까요?"라고 하시는 말에 내 가슴은 또 '철렁'했다. "그래, 나를 지목하시면 이번에는 솔직하게 이야기해야지"라고 마음을 굳게 먹었지만, 내 순서는 오지 않았다. 놀라웠던 건 많은 사람들이 솔직하게 자신의 이야기를 한다는 거였다. 나라면 도저히 말하지 못할 것 같은 이야기들도 그분들은 덤덤히 이야기하고 있었다. '역시 나는 내공이 좁쌀이군.' 이런 생각을 하면서 집으로 가는 지하철을 탔다.

　　생각해 보면 자기에게는 큰일이라도 남에게는 "그렇구나" 또는 "힘드셨겠어요"라는 말 한마디 던진 채 잊는 것이 타인이지 않을까 생각했다. 그럴 거다. 나도 그분들이 한 이야기를 기억하지 못하니까. 집까지는 대략 한 시간 걸리는 거리였기에 빈 노트를 꺼내서 검은색 펜으로 '질문'이라고 적었다. 한참을 멍하니 바라보았다. 손으로 하트 하나를 그렸다. 이제 도망치고 싶지 않았기 때문이다. 도망치지 않는 것과 하트는 아무 상관이 없지만 나는 하트를 그렸다. 뭐랄까,

내 마음의 다짐이라고 할까? 하트를 하나 더 그리면서 생각
했다.

"질문님. 본격적으로 당신을 만나볼까 해요? 사실 당신
은 늘 별로였어요. 별로인 이유는 너무 많아서 설명은 생략
할게요. 그래도 하나만 이야기하자면 가끔 제 마음을 너무
깊이 알려고 하니까 그게 좀 부담스러웠어요. 그래서 그대
를 아주 오랫동안 피해 다녔어요. 그런데 이제 그만 피하려
고요. 나이가 있어서 도망가는 것도 쉽지 않고, 이제는 피할
곳도 없고요. 그리고 이렇게 오랫동안 나를 쫓아다닌 당신의
일편단심 같은 마음에 감동도 했고요. 그래서 이제는 당신에
게 나의 이야기를 해도 되지 않을까? 하는 생각을 했어요. 왜
갑자기 마음이 바뀌었는지는 묻지 마요. 여자의 마음을 계속
그렇게 알려고 하면 다쳐요. 그러니까 일단 데이트해 봐요.
조심스럽게. 저 용기 낸 거예요. 알죠?"

불청객을 대하는
우아함이란

나는 아직도 내가 원하지 않는 일들이 나의 인생에 일어나는 것이 낯설다. 그러한 일들이 반복될 때도 처음 만나는 것처럼 당황스럽다. 사십 년 이상을 살아온 내게 다양한 경험까지는 아니더라도 비슷한 경험은 많았으리라. 그래도 그들이 닥칠 때마다 당황스럽다. 평온의 삶을 살고 싶지만 삶은 '툭툭' 내게 무언가를 던진다.

야구선수가 홈런을 치듯 나만의 구장에서 '뻥' 날려 보내버리고 싶은데 어느 것 하나 쉬운 것이 없다. 그들은 언제나 변화구와 직구를 섞어서 던진다. 그들의 속임수 중 옥석을 가려내려면 인생의 지혜를 키우는 수밖에 없다. 내가 속수무책으로 당하게 되는 날에는 두려움까지 나를 덮쳐버려 내 인생을 삼진아웃으로 만들어 버리기도 한다.

나는 이런 뜻하지 않는, 내가 원하지 않는 변수들을 '내 인생의 불청객'이라 부른다. 나는 그들에게 초대장을 보낸 적이 없으니까 그들은 불청객이다. 그들은 아주 뻔뻔해서 내 자리다 하고 누워버린다. 불청객을 대하는 나의 태도는 우아한 드레스를 입고 손을 흔들며 "아름다운 밤이에요. 그대가 나를 침범해도 웃어줄게요"라고 하고 싶다.

그러나 나는 아직 내공이 부족한 인간이라 버럭 화를 내거나 숨으려 한다. 그들이 오는 것은 논리로 설명될 수 없는 일이기에 환장할 것 같다. 비논리로 대응하는 자는 이겨낼 재간이 없으니 말이다. "우아하게 너희들을 대하고 싶다. 나는 지식인이다. 나는 지성인이다. 나는 화내고 싶지 않다. 평온하게 대화로 풀어보자. 서로 한 발짝씩 양보하면서 알겠지?"라며 불청객에게 말하지만, 불가능하다는 것을 안다.

나이가 들수록 느끼는 것 중 하나가 '화'다. 너무 오랜 시간을 참고 살아서 그런가? 자주 화가 난다. 인내심도 간혹 있겠지만 생각보다 화가 많이 올라온다. 나이가 들면 온화한 사람이 될 것 같아도 늘 그렇지는 않다.

불청객들을 보니 분노의 게이지가 올라간다. "또 나야? 왜? 어처구니가 없네." 이렇게 말하면서 속이 부글부글 끓어오른다. 참아야 한다는 것을 알기에 감정을 눌러보지만 크게 효과가 없는 것 같다. "참을 인 세 번이면 괜찮을 거야. 분노는 열을 올려서 주름만 만들 거야. 팔자 주름 생기면 어떻게 해. 그러니까 내면의 평화를 가져야 해." 이렇게 중얼거려 본다. 도움이 되냐고? 그렇다고 믿고 싶다.

불청객들의 출범에도 나는 나의 감정들을 정갈히 정리하고 싶다. 나는 불혹이 아닌가? 교양 있는 사람이 되고 싶다. 그래서 가끔은 다이소나 모던하우스같이 마음의 수납함을 파는 곳이 있었으면 좋겠다고 생각했다. 대형 중형 소형의 바구니에 감정들을 넣어서 깔끔하게 정리하고 싶다. 내 삶의 인테리어는 우아한 고급 미로 정하고 싶은데 말이다. 미니멀리스트를 꿈꾸지만, 나의 마음은 언제나 맥시멀리스트다. 마음 비우기를 절실하게 하고 싶은데 쉽지 않다.

한 녀석이 나가서 공간이 생기면 어김없이 다른 녀석이 들어온다. 테트리스를 하듯이 아주 정확하게 빈자리를 차고 들어온다. 마음 정리 전문가는 없나? '2시간 만에 바꿔드립니다.' 이런 것 말이다. 정리의 기본은 수납과 비움이라고 한다. 3년 이상 입지 않은 옷과 물건은 버리거나 필요한 사람에게 나눔해야 한다고 이야기한다. 그렇다면 나의 걱정도 버리거나 당근할 수 있을까? 혹시 당근으로 팔 수 있다면 공짜에 덤으로 줄 수 있는데 말이다. "혹시 어디 안 계실까요? 제가 직접 집 앞으로 찾아뵙겠습니다." 이렇게 이야기해도 아무도 없겠지?

너무 당연한 이야기지만, 맥시멀리스트를 해봐야 미니멀리스트도 할 수 있다. 누군가가 그랬다. 가져봤기에 비울 수 있다고 말이다. 가져보지도 못한 사람에게 가지지 말라거나 비우라는 말은 가슴에 와닿지 않는다. 나는 그랬다. 물론 현명한 사람은 시행착오를 경험하지 않고, 그걸 경험한 자의 말을 새겨들을 거다. 하지만 우리는 말을 듣지 않는 고집쟁이들의 성향이 조금씩은 있지 않은가? 그러니 어쩌겠는가? 해봐야지. 그래야 다음으로 갈 수 있다. 모험가 같은 느낌인데 행복한 모험가이기보다는 약간의 고생을 동반하는 모험가라고 할까? 사서 고생한다는 말이 더 가까울지도 모르겠다.

나이가 들면 현명하게 지혜를 구하고 실수를 안 할 것 같지만, 아니다. 똑같다. 여전히 실수하고 고집을 부린다. 그러나 어떤 결과가 벌어지든 그것은 나의 선택이기에 받아들일 줄 알아야 한다는 사실은 안다. 솔직히 말하면 선택에 따른 비용 지불은 반드시 해야 한다는 것을 뼈저린 경험 정보에 의해 알게 되었다고나 할까? 그러니 고집을 부리고 싶다면 배짱도 있어야 한다.

길도 잃어봐야 꼭 그 길이 아니라 다른 길도 있다는 걸 안다. 길을 잃었을 때 비로소 고개를 들어서 주위를 본다. 내가 어디에 있는지, 내 주변이 어떤지를 알게 된다. 물론 아프다. 삶에서 성장이란 이름이 붙을 때는 아픔이 나를 먼저 스쳐야 한다. 그리고 그 뒤에 새살이 돋아나듯 내가 성장한다. 상처에는 후시딘이나 마데카솔 같은 약도 있는데 마음의 상처에는 바를 연고가 없다.

　사십쯤 되면 마음에 굳은살이 생길 것 같지만 그렇지 않다. 사십이든 오십이든 아마 사람은 죽을 때까지 상처받는 게 아닐까? 그저 나이가 들수록 감정을 숨기는 기술만 늘어날 뿐이다. 그리고 내 이름이 아닌 누군가의 누구라는 이름이 덧붙여져 감정을 드러낼 수 없는 것이 아닐까? 라는 생각을 했다. 나이가 들수록 삶에 치여 많은 부분이 상처투성이라 조금만 건드려도 피가 날 수 있다. 나이가 많아도 괜찮지 않은 건 괜찮지 않다. 또 겉은 단단해 보여도 마음은 아직도 20대 청춘의 여림이 남아 있다면 믿을까? 믿어주면 좋겠다. 세월에 나이의 숫자가 올라가고 지혜와 연륜은 생겼는지 몰라도 그저 여린 한 명 한 명의 사람이니까.

　나는 사람들이 "가끔은 길도 잃어봐야지" 하는 말에 동감하는 바이다. 그래야 성장하는 자신을 만날 테니까. 그러나 자주는 안 될 것 같다. 인생에서 주는 타격감은 아주 가끔이면 될 것 같다. 솔직히 힘들고 회복력도 더디다. 신체든 마음이든. 그래서 내 인생에 자주 일어나는 것을 원치 않는다. 사실 그런 일이 일어나지 않고 사는 게 가장 좋은 거지만 인생은 절대 그렇지가 않다. 이런저런 생각을 하고 있자니 내 인생에 불쑥 쳐들어온 불청객들에게 이제껏 한마디도 못 한 내가 억울했다. 억울하니까 오늘은 내질러야겠다.

　"불청객, 이 녀석들아! 너희들은 나이도 안 먹니? 아직도 이렇게 열정적으로 삶에 끼어들면 어떡하니? 너도나도 나이 먹는데, 우리 이제 선을 지키면 안 되겠니? 초등학교 시절 책상에 빨간색 색연필로 줄을 긋고 내 자리 네 자리 했던 기억처럼. 우리도 이제 나이가 드는데 서로의 영역 침범은 적당히 하자. 그래도 오고 싶다면 정식으로 공문을 보내. 문서 번호 제대로 적고 사용인감도 확실히 찍어서 보내라. 그러면 내가 너희들을 접수해 주지. 아주 사랑스러워 이 녀석들. 나도 좀 능글능글해졌거든. 드루와 드루와."

일단
운동화 좀 신고

운동을 하려면 마음의 준비가 필요하다. 가기 전날 밤부터 마음을 단단히 먹는다. 내일 몇 시에 헬스장에 도착해서 근력운동과 유산소 운동을 해야겠다고 다짐한다. 가지런히 운동복도 챙겨놓는다. 아침 운동을 위해 알람을 몇 개씩 맞춰 놓는 정성은 있어야 한다. 그러나 결국 다음 날 아침이 되면 여러 개의 알람만 끄고 다시 잠드는 나를 종종 만난다. 그러면서 잠결에 "오늘 저녁에 가야지"라고 다짐한다.

나는 운동을 일주일에 3번 이상 가는 사람이지만 갈 때마다 전쟁이다. 저녁이 되면 나에게 "딱 15분만 하고 오자." 이렇게 어르고 달래서 나를 데리고 헬스장으로 간다. 일단 헬스장에 도착하면 15분이 1시간이 되는 마법이 일어난다. 샤워를 마치고 젖은 머리로 헬스장을 나서면서 "오늘은 성공이다. 그런데 쉽지 않아. 나 데리고 사는 거"라고 말하며 혼자 웃어본다.

여름밤이나 가을밤같이 날씨가 좋은 날에는 헬스장보다는 야외에서 걷는 것을 더 좋아한다. 운동의 효과도 있지만 걸으면 생각이 정리된다. 나는 생각을 정리하는 것을 좋아하는 편이다. 생각이 번잡하면 바른 판단과 결정을 할 수 없다. 그렇다고 내가 매번 현명한 선택을 하는 건 아니다. 그래도 바른 선택을 할 수 있는 공간을 마련하고 싶다.

정리가 잘 되는 생각도 있고, 아주 지겹게 나를 따라다니는 생각들도 있다. 지겹게 나를 따라다니는 생각들은 어쩔 수 없다. 해결될 때까지 어깨에 달고 다니는 방법 외에는 없다. 그래서 나의 어깨가 매일 뭉쳐 있는 건가? 라는 생각도 잠시 해본다. 산책을 하면서 버지니아 울프의 『런던을 걷는 게 좋아』라는 책의 한 구절인 '혼자 런던을 걷는 시간이 내게는 가장 큰 휴식'이라는 말을 떠올려본다. 산책을 좋아했고, 산책을 통해서만 '자아'를 내팽개칠 수 있었다는 그녀. 그녀의 심오한 마음의 세상에 감히 나는 도달할 수는 없지만, 나 역시도 산책이 자신의 마음을 정리하는 데 도움이 된다는 것에는 격하게 공감한다. 그리고 조용히 읊조려 본다. "서울을 걷는 게 좋아"라고 말이다.

지금은 이사를 했지만 이사하기 전 동네에 내가 좋아하는 공원이 있었다. 도심지의 작은 공원인데 제법 사람들이 많았다. 다양한 사람들이 오는데 공원 벤치에 앉아서 다소곳하게 오카리나를 부는 할머니도 계시고, 해가 질 무렵이 되면 외국인들이 잔디 위에 누워서 책을 읽는 모습도 본다. 샌드위치를 먹는 사람도 있고, 아이들을 위한 작은 분수도 있다. 각기 다른 모습이지만 한 공간에서 같은 공기를 마시며 각자의 여유를 즐긴다.

언젠가의 일이다. 여름날이지만 밤 10시가 넘은 시간이었다. 마음이 이유 없이 답답했다. 나가서 걷고 싶다는 충동이 올라왔다. 그런데 시간이 너무 늦어 무서움이 올라왔다. 한참을 고민하다 "일단 갔다가 무서우면 다시 돌아오자"라는 마음으로 공원으로 향했다. 어머나, 이게 무슨 일인가? 사람들이 너무 많았다. 시계를 다시 봤다. 분명 늦은 시간인데 말이다. "고마워요. 여러분. 이 시간에 공원에 있어 주셔서. 걸으니까 좀 살 것 같아요. 위로해 주셔서 감사합니다." 이렇게 외치며 그날 나는 행복한 걸음을 걸었다.

마음이 좀 편안해진 나는 집으로 돌아오면서 '앞으로도 마음에서 무슨 일이 일어나면 일단 운동화를 신어야지'라는 다짐을 했다. 그렇게 걸으면서 마음을 정리하다 보면 어느 순간 내 마음의 껍질이 벗겨지는 날이 있겠지. 그러면 내 마음의 속살을 만날 수 있겠지. 그 속살에는 어떤 기억들이 저장되어 있을까? 행복함일까? 슬픔일까? 좋은 기억이 많았으면 좋겠다는 생각을 하며 집으로 돌아왔다.

산책 후 목이 말라진 나는 물을 먹기 위해 냉장고 문을 열었다. 물과 눈이 마주쳐야 하는데 맥주 하나와 눈이 마주쳤다. 우리는 "띠로리" 하면서 눈빛이 통했다. 마치 첫눈에 반한 느낌이랄까? 눈빛이 통하면 뭘 해야 해? 만나야지. 맥주와 진지한 만남을 한 뒤 양치를 하기 위해 화장실로 갔다. 거울에 보이는 얼굴이 불타고 있는 낯선 여자에게 말을 걸었다.

"지금이 늦은 밤이잖아. 내가 맥주 딱 한 잔만 마시려고 정말 작은 컵에 부었거든. 너도 봤지? 한 모금을 마시는 순간 프링글스가 나에게 손짓하는 거야. 때마침 식탁 옆에 매력적으로 서 있더라고. 빨간색 원피스를 입고 말이지. 그래서 그릇에 10개만 먹으려고 꺼냈어. 진심이야. 그런데 조금 부족해서 몇 번 손을 넣었는데 다 먹어 버릴 줄은 몰랐어. 그리고 사실 빨간색의 유혹은 거부하기 어렵잖아. 과자에 취한 건지 맥주에 취한 건지 이성을 잃기 직전 다른 과자도 나를 쳐다보더라고. '이때다' 싶어서 말이야. 이번에는 '자갈치'였어. 핑크색(자갈치 포장지 색) 좋아하는 애 있잖아. 이미 망가진 김에 다 먹어? 라는 혼란의 시간이 잠시 있었지만 참았어. 그러면 내일 내가 너무 미워질 것 같아서. 마음이 답답해서 밖으로 나간 거지, 과자를 먹을 계획으로. 산책하러 갔던 건 아니야. 그건 믿어줘. 알지? 그리고 오늘은 이해해 주라. 일이 너무 바빴고 힘들었어. 사회생활이 그렇잖아. 일단 자세한 이야기는 나중에 하고, 우리 잘해 보자. 걸어보니 너도 좋지? 그러니까 앞으로 내가 운동화 신자고 하면 떼쓰지 않고 헬스장 가는 거다. 약속하자."

2장

에펠탑에 가면 사랑이 있을까요?

친구는 스드메,
나는 환티숙

외출하고 집으로 돌아가는 길이었다. 가만히 있어도 땀이 줄줄 흐르는 날씨다. 햇살이 벌처럼 톡톡 나의 살을 쏘는 듯했다. 길을 건너기 위해 신호등 앞에 멈추었을 때 맞은편에 하와이언 셔츠를 입은 남자가 있었다. 그 남자의 옷을 보고 있자니 몇 년 전 하와이 여행이 생각났다.

친구와 나는 7월의 어느 날 하와이로 떠났다. 우리는 와이키키 해변이 보이는 곳에 숙소를 잡았다. 시차 때문인지 이른 아침부터 눈이 떠졌다. 나는 뜨거운 커피 한잔을 내려 발코니로 나갔다. 코로 하와이의 공기를 가득 들이마시고, 아래에 펼쳐지는 모습을 바라봤다. 파도치는 모습, 여행자들의 부산한 발걸음, 맑은 하늘이 시야에 펼쳐지자 내 마음은 평화의 사절단이 된 듯 "세상에 평화를!"이라고 외치고 싶어 했다. 너무 좋았다는 말이다. 마음이 너무 즐거워 나의 몸이 춤까지 추고 싶어 하자, 그런 민망한 상황은 아침부터 보고 싶지 않아 서둘러 다시 방 안으로 들어왔다.

나의 평화로운 아침 인사가 끝났음을 친구에게 알렸고, 우리는 곧바로 수영복을 챙겨 입었다. 걸어서 5분 거리의 와이키키 해변으로 나가서 아침 수영을 즐겨야 하기 때문이었다. 어린 시절 배운 수영이 조금은 도움이 되었다. 어떤 도움인지 묻는다면 "물에 들어가서 동동 떠 있어요"라고 말한다. 그렇게 물에 동동 뜨는 수영을 마치고 무스 비(일본식 주먹밥)를 하나씩 사서 오물오물했다.

근처 스타벅스로 가서 커피 한 잔을 주문했다. 스타벅스에서는 항상 이름을 물었다. 그날도 어김없이 직원이 나에게 이름을 물었다. 나는 '박park'이라고 했다. 분명 그랬는데 내가 받은 컵에는 '마ma'라고 적혀 있었다. '마'라는 말은 경상도에서 다양한 의미로 쓰인다. 화가 났을 때 '단디 해라(잘해라)' 등 짧고 굵게 의사를 표현하는 방법으로 썼었던 것 같다. 우리는 부산 사람이고 그 말의 뜻이 너무 와닿아서 배를 잡고 웃었다. 물론 그 외국인은 나의 말을 잘못 알아들은 거지만. "스타벅스 직원분 고마워요. 먼 타국에서 부산의 향기를 느꼈어요." 그렇게 우리는 와이키키 해변을 바라보며 향긋한 행복을 마셨다.

낮에는 너무 더워서 수영을 할 수 없었다. 외국 사람들은 작열하는 태양 아래에서도 괜찮아 보였다. 하지만 우리는 안 된다. 순간의 들뜸으로 햇빛을 가까이하는 순간 기미와 잡티가 생긴다. 그런 불상사가 생기면 나의 남은 계절은 피부과 선생님과 레이저 앞에서 눈물을 찔끔해야 한다. 그렇기에 피부는 사수해야 한다. 그래서 우리는 낮에는 주로 드라이브를 했다. 쇼핑센터도 가고, 하와이의 해변도 달렸다. 그렇게 해가 잦아드는 저녁이 다가오면 숙소로 돌아왔다.

우리는 다시 수영복으로 갈아입고 해변으로 나갔다. 왜냐하면 하와이의 일몰은 너무 아름답기 때문이다. 붉은 노을이 온 천지를 물들이고, 몸 좋은 서퍼들이 주변에 한가득한 하와이. 여긴 대체 어느 세상인가? 하는 황홀감에 행복했다. 나의 행복감이 서퍼들 때문은 아니다. 하와이이기 때문이다. 정말이다. 그렇지만 서퍼들이 물에 젖은 머리를 휘날리면서 적당한 근육질 몸매를 뽐내며 우리 옆을 지나갈 때면 나와 친구들은 자연스럽게 눈이 돌아갔다. "멋지다!"는 말이 자연스럽게 턱 하니 입 밖으로 나왔다. 그들의 매력이 서핑보드에서 흘러내려 나의 발을 적시고 있었다. 다시 정신을 차리고 우리는 맥주를 먹으러 갔다. 수영 후 먹는 맥주란 환상 아닌가?

그렇게 우리의 행복한 하와이 여행은 끝이 났고, 한 달이 지난 어느 날이었다. 친구에게서 전화가 왔다. "나 10월에 결혼해." 나는 깜짝 놀랐다. "무슨 소리야?" 하고 다시 친구에게 물었다. 물론 친구는 하와이에서 계속 사랑의 속삭임을 하고 있었다. 늦은 밤이 되면 우리는 발코니에서 밤의 하와이를 즐겼다. 내 손에는 맥주가 있었고, 내 친구의 손에는 핸드폰이 있었다. 맥주 안주는 없었다. 그러나 친구가 하는 사랑의 달콤한 말들이 공중에 뿌려져 있었다.

나는 안주 대신 친구가 하는 사랑의 말 중 하나를 집어 먹었다. '달콤하네.' 우리는 같은 장소 같은 시간이었지만 이미 다른 세상을 향해 걸어가고 있었던 거다. 나는 친구에게 "축하해. 잘 가요, 내 사랑. 행복하게 살아야 해"라고 이야기했다.

바로 우리의 대화 주제는 결혼에 필요한 스드메(스튜디오·드레스·메이크업)로 이어졌다. 기분이 이상했다. 우리의 대화는 언제나 다음 여행이었다. "내년에는 우리 어디 가지? 언제 갈까?" 이렇게 여행을 준비하던 그녀와 더는 그런 대화를 할 수 없음에 슬펐다. 아마 나 혼자 슬펐으리라. 그녀는 다른 계획과 생각에 행복했으니까. '질척거리면 안 된다. 나는 그런 사람이 아니다'라고 그녀를 보내줄 마음의 준비를 했다.

  사실 그녀와 나는 언제나 결혼을 꿈꾸었다. 그래서 여행을 다닐 때마다 이쁜 그릇이나 소품들을 고이 품에 안고 귀국했다. 이제 그녀는 이쁜 그릇과 소품을 들고 결혼한다. 나의 그릇은 당연히 집에서 뽀얀 먼지와 함께하고 있다. '괜찮아! 애들아, 내가 한 번씩 닦아줄게. 눈물 뚝.'
  지금 나의 친구는 자신이 그렇게 기다린 소울메이트와 이쁜 아기와 함께 산다. 나는 여전히 환티숙(환전·비행기티켓·숙소)과 함께한다. '부지런한 자가 싸고 좋은 것을 얻는다. 세상은 원래 재미있게 살아야 하는 거니까. 나는 아직 세상을 더 만나고 꿈꾸어야 하는가 보지 뭐, 헤헤.' 이렇게 생각하면서 오늘도 '클릭 클릭' 최저 항공권을 검색 중이다.

  가끔 친구들이 하는 말이 있다. "눈이 너무 높은 거 아니야? 눈을 좀 낮춰. 세상에 별 남자 없어. 성실하고 착하면 되는 거야"라며 나에게 조언한다. 나는 친구들에게 "대체 눈은 어떻게 낮추는 걸까? 위에서 아래로 뜨면 낮추어지는 걸까? 눈을 낮춰서 사람을 만나면 행복한 걸까? 낮추는 방법을 가르쳐 줘"라고 묻곤 했다. 사실 어떤 말인지 안다. 너무 까다롭게 따지거나 완벽함을 찾지 말라는 말이었을 거다. "제 눈에 안경"이란 말이 있다. 나는 나에게 딱 맞는 사람을 찾고 있는 거다. 내 눈에 콩깍지를 씌워줄 사람. 영원히 벗겨지지 않을 콩깍지. 그런데 이런 말을 하면 결혼하신 분들은 아마 웃을지도 모르겠다.

아는 동생이 그랬다. "언니 콩깍지는 우리나라 말인가요? 우리는 전우애로 살아요. 얼마 전에 제가 머리를 짧게 잘랐거든요. 오빠가 그러더라고요. 우리 집에는 남자만 세 명 살고 있다고. 남편, 저 그리고 아들." 그 말이 생각나서 나를 더 빙긋이 웃게 했다. 하와이언 셔츠를 입은 그 남자 덕분에 초록색 신호를 기다리는 시간이 지루하지 않았다. 그 남자와 나는 각자의 길을 가기 위해 마주치는 듯 아닌 듯한 걸음을 하고서는 서로에게서 총총히 사라졌다.

오늘은 확실히 너무 덥다. 나는 더위를 먹고 있는 듯했다. 더우니까 갑자기 화가 났다. 그리고 더위를 먹은 김에 존재하는 듯 아닌 듯한 그대에게 한마디 하고 싶었다.
"저기… 내사랑, 혹시 방향감각이 없어서 헤매고 있나요? 티맵이나 카카오맵 좀 켜줘요. 제발!"

간절히 원하는데,
솔직히 두려워

'나는 너를 간절히 원한다. 그런데 네가 다가오면 도망간다.' 내가 사랑을 바라보는 모습이다. 아이러니하지만 내 마음이 그렇다. 어린 시절에는 흰색 셔츠를 입고 소매를 걷고 있는 모습이 잘 어울리는 남자가 이상형이었다. 물론 그런 사람이 나타났다고 해서 다 사랑에 빠진 건 아니다. 그렇지만 사랑한다는 것이 지금만큼 어렵다고 생각해보지는 않았었다. 그저 사랑에 빠지는 게 지금보다 덜 두려웠고 언제든 사랑에 빠질 준비가 되어 있었다는 게 맞는 말일 것 같다.

가끔 거리를 지날 때 보이는 커플을 보면 생각한다. '저 사람들은 어떻게 만났지? 서로가 사랑에 빠지는 순간은 어땠을까? 이 넓은 곳에서 서로의 마음이 반짝반짝한 것을 어떻게 발견한 거지?'라고 말이다. 내 나이 삼십 대 초반까지만 해도 이런 생각은 하지 않았다. 하지만 지금은 '세상에 이런 일이'라는 느낌으로 쳐다보는 내가 있다.

사랑은 하고 싶다. 그러나 두렵다. 이 사랑의 끝이 해피 엔딩일지 아닐지 모르니까. 그리고 이 사람이 나의 마지막 사람일까? 라는 확신도 없으니까. 무엇보다도 내가 이 사람과 미래를 어떻게 그려 나갈지 모르겠으니까. 누군가는 그럴 거다. "만나보지 않고 어떻게 알겠니? 부딪혀 봐야 알지." 맞는 말이다. 그런데 부딪혀 보기에는 나는 지금 지쳐있다. 모든 것으로부터 말이다.

정말 연애하고 싶은데 정작 그런 사람이 눈앞에 나타난다는 가정을 해보면 두려움과 걱정이 앞서 '일단 STOP 해주세요'라는 마음이 먼저 든다. 사랑에 빠지고 싶지만 사랑과 함께 오는 감정들이 무섭기 때문이다. 그러니 사랑이 될 리가 있나? 라는 생각이 나를 점령하려 할 때쯤 나는 반격했다. '인연이 있는 거야. 아직 나는 인연을 만나지 못한 거야'라는 말로 대응해 본다. 얼마나 설득력이 있는지는 모르겠지만.

지금 나는 설렘이든 사랑이든 모든 감정을 대하는 것이 힘들다. 사랑의 감정이 나를 어디로 데리고 갈지 모르겠다. 이제는 상처받고 싶지 않다는 생각이 나를 휘감고 있다. 안정되고 확실한 사랑을 원한다. 그런데 세상에 그런 것이 있을 리가 없다. 해보지 않고서는, 빠져들지 않고서는 그 누구도 끝을 알 수 없다.

점점 나이가 들어갈수록 휘몰아치는 감정적 변화는 사절하고 싶다. 그저 평온한 일상을 사랑한다. 그러나 그 평온한 일상을 따뜻하게 나눌 누군가를 원한다. 그러기 위해서는 감정의 파도에 뛰어들어야 하는데 나는 오늘도 익숙하고 평온한 나의 감정을 택한다. 그런데 그 감정이 정말 평온함인지는 잘 모르겠다. 어쩌면 내가 감당할 수 있는 범위에서의 감정적 변화만을 원한다는 말이 정답일 수 있겠다. 사랑이든 이별이든 그 어떤 변화든 말이다.

가끔 영화나 텔레비전을 보면 나도 사랑하고 싶다는 충동이 차오른다. 그 감정이 유지되는 동안 나는 이미 혼자서 몇 번의 사랑 영화를 찍는다. 하루에도 사랑의 만리장성을 수십 채는 짓지만 결국에는 허물어 버리는 것으로 결론을 낸다. 누군가는 변화를 잘하는 사람이 사랑도 잘하는 거라고 하고, 누군가는 '사랑은 교통사고 같은 거'라고도 했다. 그렇다면 나는 사랑의 교통사고 쪽에 손을 들어주고 싶다. 어찌 되었든 삶에 사랑이 찾아오든 아니든 내가 변화하기 위해서는 우리에게 '충동적 어떤 인자'가 필요하다고 생각한다. 왜냐하면 일단 저지르면 수습해야 하니까. 내가 제정신이 아니야. 왜 그랬을까? 이러면서도 일단 수습을 위해 최선을 다한다.

가끔은 그런 나의 충동적 사고가 신을 감동하게 하는 걸까? 왜냐하면 내가 생각했던 것보다 더 좋은 결과를 내기도 한다. 내가 아무리 계획하고 준비해도 할 수 없는 일들이 '뽕' 하고 이루어지니 말이다. 사실 신의 감동 포인트는 아직도 잘 모르겠다. 끝인 것 같은데 새로운 시작이고, 이루어질 것 같지만 무너져 버린다. 그래서 나는 그런 충동을 일으키는 원인자를 '운명'이라고 부르고 싶다.

운명과 인연은 인간이 계획할 수 없는 신의 정교한 작업이라고 생각한다. 가장 정확한 저울과 각도계를 가지고 딱 하나의 지점을 정한다. 그 미세한 수치에 따라 어긋나게 하거나 맞추어지는 것, 그것이 우리에겐 때론 기적이나 인연으로 나타나는 게 아닐까? 생각했다.

이 나이쯤 되면 나의 인연은 이미 찾았다고 생각했다. 엄밀히 말하면 인연을 찾는 이런 고민은 내 계획에 없었다. 그러나 인생은 어차피 자기 마음대로 흘러가는 것이고 나 역시 예측하지 못하는 길을 걸어가고 있다. 나이가 든다고 사랑 앞에 설레지 않는 건 아니다. 그렇다고 능숙하지도 않다. 그저 심장이 더 쪼그라들고 남들에게 쿵쿵거리는 소리가 들릴까 봐 조마조마하다. 가끔은 사랑이 하고 싶어도 "나는 괜찮은데요"라는 말로 나를 속이고 상대도 속인다. 그리고 소심 대마왕으로 변한다. 사랑 앞에서는 그렇다. 그러나 오늘은 솔직해지고 싶다. 나이만 먹어가는 소심한 나는 신께 부탁드리고 싶다.

"당신과 저의 시간이 다름을 알고 있어요. 신의 시간은 정확하다고 하죠. 그래도 가끔은 저의 시간에 좀 맞춰 주시는 보너스 같은 건 없을까요? 제가 인내심이 없는 건 아닌데 저도 사랑을 간절히 원해요. 그런데 솔직히 두려워요. 그래서 하는 말인데 사랑을 보내주실 거면 좀 다정한 사람으로 보내주세요. 발걸음마저도 다정하게요. 제가 수줍음이 많아요. 나이만큼 노련할 거로 생각하면 정말 오산이에요. 그러니까 따뜻하게 살쿵살쿵 사랑을 보내주시면 좋겠어요. 그러면 저도 용기를 내볼게요. 사실… 이제 사랑을 망설이기에는 이마에 주름이 하나둘 보이는 것 같아서요. 생활 주름이라고 말하고 싶지만 우리는 알죠, 그게 아니라는 것을. 성형외과 선생님과 절친이 되기 전에 빨리 보내주세요. Please."

정말 나만 두고
다 결혼한 거니?

결혼한 지 4개월 차에 들어가는 동생이 전화가 왔다. 전화벨 소리와 함께 100% 국산 참기름 냄새가 진하게 나는 듯했다. "언니, 결혼식 이후 얼굴도 못 봤는데 시간 되면 다른 언니들과 같이 만나요." 반가운 그녀의 전화에 우리는 약속을 잡았다. 오랜만이기도 하고 그녀의 신혼일기가 무척이나 궁금한 참이었다. 백화점 안에 있는 신상 커피숍에서 만난 우리 네 사람은 손을 잡고 인사를 나눴다. 약간 살이 붙은 듯한 그녀의 얼굴에서 편안함이 보였다. 나는 호기심 어린 눈빛을 '반짝반짝' 보내며 저돌적으로 그녀에게 물었다. "결혼하니 어때?" 삼십 대를 조금 넘긴 그녀였기에 다들 그녀의 젊은 신혼일기가 궁금했다. 물론 나를 제외한 나머지 두 사람은 이미 결혼하고 아이가 있다는 사실을 밝히는 바이다.

아메리카노를 한 모금 마신 그녀는 나에게 이런 명언을 남겼다. "언니, 결혼은 천천히 하셔도 돼요. 좀 더 즐기고 가셔도 될 것 같아요." 그 말을 듣고 나는 "뭐라고? 내가 사십 대인데 아직 결혼하기에 이른 나이라는 거지? 오십쯤 돼야 딱 좋은 나이가 되는 걸까?"라는 나의 말에 박장대소하며 웃었다. 신기한 사실은 내가 이 이야기를 그녀한테만 들은 건 아니란 사실이다. 그곳에 모인 나의 지인들에게 한 번씩은 들었던 소리다. 그러면 나는 가끔 그들에게 이야기했다. "너희들은 결혼하고 남편이랑 애도 있잖아. 설마 너무 좋아서 너희만 가지고 싶은 거야? 그래서 그러는 거지?"라고 농담을 주고받곤 했다. 우리의 수다 타임은 계속되었고, 늘 빠지지 않는 질문이 시작되었다. "결혼 안 해?"라고 묻자, 다른 지인은 "아니야, 뭐 하려 해. 나는 다시 태어나면 안 할 거야. 애들은 너무 이쁘지만." 이렇게 자기들끼리 웃으며 나를 바라봤다.

내게 솔로의 삶이 부럽다며 자신들의 솔로였던 시간도 회상했다. 그녀들은 나를 보며 "연애라도 해"라는 일장 연설을 하기 시작했다. "결혼은 나중에 하더라도 연애는 해야지"라는 그녀들의 말에 "애들아, 그렇게 쉬우면 내가 여기 있겠니?"라고 반박해 본다. 그리고 이렇게 말했다.

"미혼들도 노력해. 동호회도 나가고 누구는 결혼정보업

체 가입도 해. 중매의 달인인 어머님들을 통해 선도 보고 말이야. 물론 모든 미혼이 결혼을 위해 달려가는 건 아니지만. 연애든 결혼이든 우리도 노력해. 그런데 결혼할 인연은 있다면서? 노력은 하지만 그 결과가 언제 보일지는 나도 몰라. 어딘가 계시겠지. 그분도 나를 찾고 있으려나? 저의 짝이신 분제 말 들리세요. 저희 사십 년 넘도록 못 만나고 있어요. 심각해요, 지금."

인생은 늘 선택의 연속이다. 우리는 선택하지 못한 길에 대한 미련이나 아쉬움을 가지고 산다. 결혼도 그런 의미인 걸까? 아마도 단순하게 정의 내릴 수 없는 무언가가 있으리라 생각된다. 아직 나는 결혼을 해보지 못해서 직접적인 정의를 내릴 수 없다. 언젠가 내게도 사랑하는 사람이 생겨서 결혼하게 되면 알려나? 라는 애매모호한 생각을 살포시 해본다.

나의 삼십 대는 조급함이 있었다. 내 인생의 마지막 퍼즐은 결혼이라고 생각한 적도 있었다. 인생에 완벽은 없지만 왠지 결혼해야 남들 같은 안정감이 생길 것 같았다. 사람들이 "언제 결혼할 거예요?"라고 물으면 나는 한 치의 망설임도 없이 "올해 갈 거예요"라고 십 년째 이야기했다. 그래서 나의 지인들은 이제 묻지 않는다. 나는 양치기 소녀가 되어버렸으니까.

사십이 넘은 지금은 삼십 대의 조급함은 사라지고 운명을 받아들이는 여유가 생겼다고 주장하고 싶다. 맘대로 안되는 것이 인생이니까. 그리고 운명이 정한 시간이 있을 테니까. 그 시간을 잘 보내는 지혜가 필요하다는 것을 안다. 짜증을 내든 웃음으로 넘기든 시간은 지나가고 '때'가 와야 하는 거니까. 이제 나는 나의 완벽함을 증명해 줄 마지막 퍼즐을 찾으러 다니지 않는다. 미완이든 완성이든 그저 나의 지금을 사랑하고 감사하려고 한다. 그런 마음으로 나는 나의 운명 시간을 바라보고 있다.

물론 100m 앞에 오면 달려가서 꼭 안아줄 거다. 그러나 아무리 보아도 개미 한 마리도 보이지 않는다. 나의 이런 평온의 마음과는 달리 우리 엄마의 속은 까맣게 타 있을지도 모른다. "엄마 미안. 나도 안 가려고 한 건 아니었어. 내 마음 알지? 사랑해."

그렇게 오랜만의 폭풍 수다를 마무리하고 각자 집으로 가기 위해 우리는 지하철로 향하고 있었다. 때마침 백화점 식품관에서는 마감 세일을 시작하고 있었다. 그녀들은 세일 코너로 진격했다. 한 손 가득 무언가를 들고 남편이 좋아하는 거라며 서로 웃으면서 이야기했다. 나는 우두커니 그녀들의 뒷모습을 바라보았다. 웃기면서도 씁쓸했다. 그녀들의 뒤통수를 보며 혼자 이야기했다.

"너희들은 혼자인 내가 부럽다며. 그런데 남편이 좋아하는 음식은 왜 사고 있니? 내 표정 안 보이니? 역시 나만 덩그러니 남은 거지. 나만 두고 남편 곁으로 가는 너희들… 그래! 나는 아직 결혼하기 이른 나이니까. 그렇지? 고마워! 애들아. 사랑해. 진심으로…"

타인에게 피해 주지 않는 진척함

이별하고 우아할 수 있을까? 영화나 TV를 보면 내 또래 멋진 여자들이 나온다. 그녀들은 이별해도 멋지게 산다. 슬픔을 참아내며 눈물을 머금는다. 때로는 또르르 흐르는 눈물을 닦아가며 자기 일을 열정적으로 한다. 이별의 상처를 다른 것으로 승화시킨다.

나는 나의 이별들도 우아하고 멋지길 바랐다. 그러나 나의 이별은 구질구질하고 질척거리는 모습이었다. 네가 계속 생각나고 너와의 추억을 떠올린다. 네가 했던 한 마디에 다시 의미를 부여하고 곱씹어 아주 가루가 되어버린다. 눈물이 또르르 아니, 줄줄줄 흘렀다. 그렇게 콧물 눈물을 베개에 붙이고 잠이 들면 다음 날 내 얼굴은 개구리처럼 부어 있었다. '낯설다, 너' 이런 말이 어울리는 얼굴로 말이다. 부은 얼굴이 걱정되니까 쿠팡에서 호박즙을 시켜본다. 나이가 들수록 부기가 빠지지 않으니 관리해야 한다. 슬픔은 슬픔이고 부기는 벗어나야 하니까. 그리고 전날 찌질함의 흔적이 머무르고 있는 베갯잇을 쓸쓸히 바꾼다.

그렇게 나의 이별은 쿨하지 못하고 찌질함으로 반죽되어 있었다. 바쁘게도 살아봤지만 그런다고 너에 대한 내 마음이 사라지는 건 아니었다. 내 마음을 저쪽 구석에 버려둔 것일 뿐이었다. 그러다 "어떻게 우아하겠니? 내 전부인 네가 사라졌는데. 내 마음이 머리칼을 흐트러뜨린 채 엉망으로 돌아다니고 있는데"라고 생각했다.

사랑이 아파서 여행을 간 적이 있었다. 너를 그리워하는 내 마음을 지우고 싶었다. 너에 대한 그리움을 강물에 던졌다. 비행기에 놓고 내렸다. 먼 나라의 어느 성당에 너를 두고도 왔다. 초도 하나 켰다. 절에 가서 기도도 했다. 너를 지우게 해달라고 말이다. 전 세계의 다양한 신에게 기도했다. 종교가 통합된 듯 교회, 성당, 절 등 보이는 곳은 다 들어갔다.
그런데 너를 버리려고 네 생각을 하다 보니 네가 더 보고 싶어졌다. 나는 여행 내내 너를 생각했다. 결국 너를 버리려고 간 여행에서 나는 너와 함께 모든 시간을 보내고 있었다. 너에 대한 그리움은 나와 같이 집으로 돌아왔다. 나는 알면서 모른 척했다. 그리고 너를 이쁜 상자에 넣어서 내 마음 저편에 밀어 넣었다. 보고 싶지 않았다. 아프니까. 여전히 너를 놓지 못하는 나 때문에 자존심도 상했다.

그러다 생각했다. 사랑은 솔직해야 한다면서 왜 이별의 아픔은 숨기는 걸까? 사랑했으니 아픈 거고, 치열했으니 내 마음이 장렬히 전사한 거다. 그런데 그 자존심이 뭐라고 사랑도 이별도 제대로 못 하는 거야? 라고 내게 물었다. 그에 대한 대답은 "나만 사랑하는 게 싫고, 나만 아픈 게 싫었으니까"였다.

그러나 이제는 감정에 솔직해지고 싶었다. "내가 내 마음에 질척거리는 게 어때서? 나도 아픈데 좀 질척거려보자. 아프다고 해보자. 아파! 이별의 질척임을 받아들이겠어. 질척거림의 끝으로 가보자. 인생은 경험 아니겠어?"라는 전혀 힘이 나지 않는 말들을 힘이 날 것처럼 중얼거리고 있었다. 그러다 문득 나의 질척거림의 끝을 보여준 사랑했던 그가 생각났다. 그리고 혼잣말로 이야기했다.

"안녕. 너에게 하고 싶은 말이 너무 많았어. 그런데 잘 지내지? 라는 한마디만 입 밖으로 뱉어냈어. 이별은 너를 데려가 버렸어. 내 옆에 너는 없는데, 내 마음은 아주 오랜 시간 혼자 사는 것 같지 않았어. 너의 의사와 상관없이 나는 네 마음을 생각했거든. 미안해. 생각이 나는 건 어쩔 수 없는 일이라. 너도 나처럼 아플까? 가끔 내 생각을 할까? 하는 생각이 꼬리에 꼬리를 물었어. 나의 착각이든 아니든 누구나 이별의 끝은 아프니까. 그래서 아주 오랜 시간 나는 아팠어. 내 마음은 하나인데, 언젠가부터 나는 두 개의 마음을 견디는 듯했어. 너의 마음까지. 너도 그랬니? 너도 내 마음을 감당하고 있었니? 너는 괜찮았니? 그래도 가끔 어떤 순간은 너와 나의 마음이 같을 때가 있었겠지. 이별했지만 말이야. 나는 너에게 못한 말이 너무 많았어. 그 말들을 둘 곳이 없어. 내 마음에서 냉동시켜 버렸어. 그냥 두면 상할 것 같고, 버리기엔 아직 내가 미련이 남아서. 조금 더 질척거려 볼게. 나의 이별 앞에서. 나의 미련과 나의 눈물 콧물 앞에서. 그렇게 시간이 조금 더 흘러 이별의 아픔도 덤덤히 안을 수 있게 되면 그때 너를 보낼게. 그때까지는 나의 못다한 말들과 미련은 냉동할 게, 괜찮지?"

　　그렇게 나는 오랫동안 묵혀놓은 나의 질척함을 세상으로 꺼냈다. 비록 많은 말을 냉동시키긴 했지만 말이다. 이별의 질척함이 언제 끝나는지는 아무도 알 수 없다. 그저 지켜보는 수밖에. 그래도 세상에 나왔으니, 반은 성공한 거 아닐까?

　　이별을 맞이하는 사람들은 다양한 모습으로 존재한다. 이별에 도착한 사람도 있고, 도착 3분 전인 사람도 있다. 상황은 달라도 우리는 이별을 두려워한다. 적어도 나는 그렇다. 정확히 말하면 너를 잃어버리고 혼자 남겨지는 게 무섭다. 그 뒤에 오는 감정들도 무섭다. 나이의 숫자가 늘어날수록 이런 감정적 소모들은 무섭다. 피부의 탄력이 떨어지듯 감정의 회복력도 떨어지기 때문이다. 피부에는 콜라겐인데 이별에는 무엇을 해야 할까? 잘 모르겠다. 방법을 잘 알았다면 내가 이렇게 질척거리진 않겠지. 방법은 모르겠지만 나와 같은 마음의 누군가가 있다면 오늘은 이렇게 말하고 싶다.

"우리 질척거려봐요. 혼자 기다려도 보고, 눈물도 흘려봐요. 모든 감정에 최선을 다해야 다음 사랑이 오는 것 같아요. 질척임이란 감정의 결승선에는 어떤 것이 있는지 몰라요. 그렇지만 끝까지 가봐요. 왜냐하면 나는 아직 너를 사랑하니까. 그리고 내 마음의 최선을 끝내지 않았으니까. 사랑도 최선을 다해야 하지만 이별도 최선을 다해야 하니까요. 마음에게 최선을 다할 기회를 주세요. 우리의 질척임이 타인에게 피해를 주진 않아요. 단지 스스로는 아플 거예요. 어쩔 수 없는 거잖아요. 나는 사랑했고, 너를 잃었고, 우리의 세상은 무너졌으니 견뎌야죠. 그리고 다음 날 거울을 보고 부은 얼굴에 놀랄 수 있어요. 그러니 호박즙은 먹으면서 합시다! 나이가 들면 부기는 쉬이 사라지지 않는답니다. 우아함은 지켜야죠."

자기야,
우리는 신혼이잖아

독립한다는 것은 나의 취향을 찾아가는 일이라고 생각한다. 나는 부산에서 서울로 독립했다. 그것도 사십 대에 말이다. 부산에서는 부모님과 함께 살았기 때문에 내 몸 하나잘 챙기면 되었다. 부끄럽지만 그랬다. 독립했고, 진정한 나만의 공간이 생겼다. 오로지 내가 좋아하는 것들로 꾸밀 수있는 곳 말이다. 물론 부모님과 함께 사는 내 방은 나의 공간이다. 그러나 나만의 것들로 다 꾸몄다고 하기에는 무언가부족함이 있었다. 부모님과 분리된 공간이지만 함께인 느낌이 더 강했으니까.

그러나 독립한 나의 공간은 온전히 나의 것이었다. 시간도 나를 위해서만 돌아간다. 일어나는 시간도, 잠드는 시간도말이다. 가족들과 함께 살 때도 내 시간은 나의 것이었지만 가족들과의 시간이기도 했다. 독립한 나의 공간은 소품도 그릇도 나의 취향이다. 물론 집에서 가져온 것들도 있으니 완전한 짝을 이룬다고는 할 수 없다. 부조합 속의 조합이라고 부르고 싶다. 그러나 내 취향에 대해 누군가에게 설명하거나 이상한 것들을 가져다 둔다고 눈치 볼 사람이 없어서 좋다. 또 나를 위해 흐르는 공기만 가득하기에 그것만으로 행복한 순간이 있다.

그러나 독립은 외롭다. 사람의 온기와 뱉어내는 말들이 유독 그리운 날들이 있다. 인생에는 함께 무언가를 나눌 사람들은 필요하다. 그래도 나는 이 공간이 주는 자유를 사랑한다. 나의 취향이 가득 담긴 나의 공간에서 나는 매일 꿈을 꾼다.

홍진경 님이 방송에 나와서 한 말 중에서 "제가 늘 베고 자는 베개의 면, 매일 입을 대고 먹는 컵의 디자인, 내가 지내는 내 집의 정리 정돈 여기서부터 자존감이 시작되는 것 같아요"라고 하는 말을 듣고 나는 격한 공감을 했다. 나에게 필요한 것들이 남들에게 보이는 것들이라면 좋아 보이는 것을 택한다. 그러나 혼자서만 볼 수 있는 것들, 즉 잠옷, 이불, 생활용품 등은 왜 그렇게 돈이 아깝게 느껴지는지 모르겠다. 나를 위한 것들은 대충 해도 괜찮다고 생각하며 살았다. '나 혼자 입고 먹고 보는 건데 뭐가 어때?'라는 마음이었지만 독립하고 나이가 들어보니 알겠다. 나를 귀하게 여겨야 한다는 것을 말이다. 나로서 일평생을 사는 사람인데 정작 내 인생에서 나는 어디쯤에 쭈그리고 있있니 생각했다. 아무리 함께 사는 세상이라 해도 타인의 시선만 의식하면 그건 누구를 위한 인생인가 생각했다. 종종 내 생각과 에너지를 타인에게 맞추다 보니 행복도 불행도 타인의 시선으로 정해지는 적이 많았던 것 같다. 이제는 그러고 싶지 않았다.

　　나는 독립했고, 이제 나를 데리고 진짜 살아가야 한다. 나의 취향으로 하나둘 채우다 보니 나를 생각하게 되었다. 나를 생각하다 보니 나에게 좋은 것을 먹고 입게 해주고 싶었다. 아침에 일어나서 로브를 입는다. 내가 걸어놓은 그림들을 보면서 좋아하는 음악을 틀어놓는다. 커피 한잔을 내리는 동안 온 방에 향기가 퍼져 가면 나는 이미 행복하다. 서은국 교수님의 『행복의 기원』이란 책에 보면 유학 시절 지도교수가 쓴 논문 제목인 '행복은 강도가 아니라 빈도이다'라는 제목을 언급한 부분이 있다. 그리고 덧붙여 이런 말도 적혀 있다. '아이스크림은 달콤하지만 반드시 녹는다. 행복도 마찬가지다.' 정말 맞는 말이라고 생각한다. 살면서 강도 있는 행복이 몇 번이 있을까? 그리고 그 행복이 내 인생에 얼마나 긴 행복감을 주었는지 생각해 본다. 어떤 행복은 분명 행복했을 텐데 기억나지 않는다. 누군가 내게 "언제 가장 행복했어?"라고 물어보면 나는 머뭇거린다. 아이스크림처럼 달콤한 행복의 기억이었지만 잘 기억나지 않는다. 흘러내려서 사라진 것 같았다.

사실은 언제가 가장 행복했는지를 생각해 보지 않았다. 이유는 잘 모르겠다. 나는 많은 이유들을 잘 모른다. 그러나 "언제가 가장 힘들었어?"라고 묻는다면 "매번 힘들었어. 그런데 어제는 말이야! 또 저번에는…" 하고 말을 쏟아냈던 것 같다. 왜 나는 행복하기를 원하면서 행복의 기억보다는 아픔의 기억만을 간직하는 걸까? 그리고 아픔의 기억이 잊힐까 봐 육포를 씹듯 아픔과 고통을 씹고 또 씹는 걸까? 아마도 행복은 당연함이고 고통은 부당하다고 생각해서였을까? 솔직히 잘 모르겠지만 어쩌면 나는 행복이 어색했거나 행복이 정확히 뭔지를 몰랐던 것 같다. 아니, 행복은 아주 거대한 무언가라고 생각했던 것 같다. 사회에서 인정하거나 스스로 내세울 수 있는 것이 아니면 행복해도 '행복이 아니야'라며 살았던 것 같다.

그래도 다행인 건 나이의 숫자가 늘어나면서 마음에 여유 공간이 생겼다. 그 공간으로 가끔 행복이 몽글몽글 피어오른다. 그리고 크든 작든 그 행복을 느낄 수 있게 되었다. 요즘은 갑자기 행복들이 찾아온다. 길을 걸었을 뿐이다. 또는 커피 한잔을 마셨을 뿐이다. 운동을 하고 집에 와서 청소기를 밀고 있다. 그런데 갑자기 행복하다. '내가 왜 행복하지?'라고 생각하는데 이유가 없다. 그런 순간에는 이유를 찾고 싶지 않았다. 그저 "아, 행복해!"라고 스스로 말한다.

이 나이에 누가 나를 이유 없이 찾아와 주는 게 흔한 일이 아니다. 그러니 물들어 왔을 때 노 젓는 것처럼 나는 흠뻑 행복할 뿐이다. 어디서 행복이 오는지 그리고 어디로 가는지 나는 모른다. 그러나 불쑥불쑥 내 삶에 끼어드는 이런 행복한 느낌은 언제나 환영이라고 하고 싶다. "행복, 너를 붙잡고 싶지만 너는 잡히지 않는 신기루 같아서 말이야. 그저 내 삶에 자주 올 수 있길 바랄 뿐이야." 이렇게 사랑의 말을 무심히 툭 던져본다.

귀찮음이 몰려오는 날은 어쩔 수 없다. 그래도 이쁜 그릇과 커피잔을 꺼내서 나를 위로한다. "오늘 하루 잘할 거야. 오늘 수고했어." 그렇게 나를 따뜻하게 바라봐 준다. 나는 언제나 외부에서 인정과 존중을 원했던 것 같다. 받아도 받아도 허전했던 건 정작 자기 자신에 대한 존중이 없어서가 아니었을까 생각했다. 그래서 지금 나는 작고 소소하지만 존중의 마음을 담아 나를 대접해 주는 일로 하루를 시작하고 있다.

물론 독립이 다 좋은 건 아니다. 독립한다고 다 행복한 것도 아니다. "사람 하나만 들어오면 될 것 같아. 신혼살림이랑 다를 게 없어. 4인이나 1인이나 필요한 건 똑같고 크기만 줄어들 뿐이야"라고 친구랑 이야기한 적이 있었다. 그리고 혼자의 삶은 일인다역의 삶을 살아야 하는 단점이 있다. 직장인과 주부의 역할을 수행해야 한다. 내가 움직이지 않으면 머리카락 한 톨도 없어지지 않는다는 진실을 아는 데는 그리 오랜 시간이 걸리지 않았다. 간혹 너무 지친 날이면 머리카락과 눈싸움을 한다. 그러나 나는 늘 진다. 돌돌이를 가져와서 머리카락을 치우면서 이야기한다. "나는 나의 공간을 사랑해. 원래 더 많이 사랑하는 사람이 져주는 거니까. 내가 나의 공간에서 너를 치워주지." 그렇게 청소를 시작한다. 가끔 사람들에게 "저는 1년 차 신혼생활을 즐기고 있어요"라고 말한다. 사람들이 무슨 말인가 하며 고개를 갸우뚱하면 "나 자신과 독립 1년 차예요"라고 부연 설명을 한다.

이 글을 쓰다 보니 얼마 전 어떤 모임에서 만난 분 이야기가 생각났다. 연애를 2년하고 결혼했는데 남편이 집 밖을 나가기 싫어하는 사람이란 것을 결혼하고 알았단다. 연애할 때는 단둘이 꽁냥꽁냥하는 것이 좋아서 그런가 보다 했고, 매일 만나서 데이트하는 것이 아니니까 알 수가 없었다는 말을 했다. 지금은 결혼 3년 차에 들었고 '집 밖에 나가자, 나가기 싫다'로 싸우다가 포기했다면서 "저는 누구랑 연애하고 결혼한 걸까요? 동일인일까요?"라는 말을 하며 한숨을 쉬었다. 그 말을 듣고는 "언니, 저도 저로 이렇게 오래 살았는데 가끔 놀래요. 낯설어서. 물론 언니와는 다른 느낌이지만요"라고 말했다. 언니에게 위로를 주려고 한 말은 아니다. 아무것도 모르는 내가 무슨 위로인가. 그저 다른 의미의 약간의 공감이라고 하면 맞을까? 집으로 돌아가는 길에 지하철을 기다리면서 나에게 말했다.

"내일은 주말이니까 네가 좋아하는 전시회 보러 가자. 그런데 자기야, 우리는 서로를 이렇게 오래 알았는데 왜 아직도 나에게 우리 자기는 미지의 영역투성이일까? 말이 나온 김에 나 부탁 하나 해도 될까? 있잖아. 옷은 이쁘게 좀 벗어주라. 그리고 바닥에 머리카락이 아주 현란한 잔치를 벌이고 있는 거 알지? 왜 그래, 정말? 자기야, 내가 매번 아주 꾹 참고 있어. 아직 신혼이라서. 알겠지? 웃을 때 잘하자!"

에펠탑에 가면
사랑이 있을까요?

　살면서 누구나 설렘으로 다가오는 장소가 있지 않을까? 순전히 자기만의 감성과 생각만으로 결정되는 곳 말이다. 타인의 의견과 상관없이 오로지 나의 감성을 120% 자극시키는 장소. 나에게 파리가 그런 곳이었다. 파리의 거리가 나오는 영화를 보면 가슴이 쿵쾅거렸다. 나는 파리를 그리워했다. 한 번도 안 가봤는데 어떻게 그립냐고 묻는다면 그럴 수 있다고 답하고 싶었다. 나는 파리에 가고 싶었다. 에펠탑이 보고 싶었고, 에펠탑 밑에서 치즈와 샴페인을 먹고 싶었다. 루브르도 가고 싶었다. 베르사유궁전도 보고 싶었고, 노천카페에서 커피도 먹어보고 싶었다. 무엇보다도 파리의 낭만을 느껴보고 싶었다. 파리의 낭만을 뭐라고 설명할 수는 없지만 낭만이 가득할 것 같았다. 일단 파리에 가봐야겠다고 생각했다. 그래서 파리행 티켓을 끊었다. 아주 오랫동안 가보고 싶었지만 용기가 없었다. 그래도 이번에는 용기를 냈다. 그리고 에펠탑 앞에서 물어볼 작정이었다. "파리야, 네가 날 사랑하는 거니? 아니면 내가 너를 사랑하는 기니?"

내가 파리를 좋아하기도 하지만 기본적으로 나는 여행을 사랑하는 사람이다. 그리고 여행이 주는 설렘을 사랑하는 사람이다. 가끔 설렌다. 아니, 자주 설렌다. 여행이란 자체가 나를 그렇게 만든다. 여러 이유가 있겠지만, 아닌 줄 알면서 항상 기대하게 되는 게 있다. 여행지에서 멋진 누군가를 만나는 '두근거림' 말이다. 이런 기대는 그저 영화를 좋아하는 탓이라 하고 싶다. 그래야 좀 덜 부끄러워진다고 할까? 기차 옆자리, 비행기 옆자리에 혹시나 멋진 남자가 앉을까 하는 상상을 하곤 한다. 주책이라고 해도 괜찮다. 나는 솔로이며 나이와는 별개로 아직도 사랑을 꿈꾸는 사람이니까. 사랑을 하는 것과 꿈꾸는 것은 조금은 다른 의미라고 하고 싶다. 우리는 솔로니까 꿈꾸고 설레어도 된다. 사랑을 해도 된다. 법적으로 문제가 없는 대한민국 미혼이니까. 그런데 단 한 번도 나에게 그런 로맨스는 없었다. 매번 기대하지만 늘 '꽝'이다. 그러나 또 기대하는 건 여행이 나에게 주는 '망각'이라는 선물 같은 건가? 라는 생각을 했다.

파리로 가는 비행기에서도 내 옆자리는 커플이 서로의 어깨를 내어 주고 있었다. 괜찮다. 나는 파리로 가고 있었으니까. 비행기 안에서 종이를 꺼내 이런저런 생각을 적어 내려갔다. 그러다 아주 오래전 이십 대 시절의 일이 생각났다. 내 친구와 나는 제주도로 여행을 가기 위해 공항으로 가고 있었다. 공항 인근 길에서 친구의 차와 앞에 서 있는 차가 아주 살짝 부딪쳤다. 차도 사람도 문제가 전혀 없었다. 서로의 차를 확인한 우리는 비행기 시간이 촉박했기에 연락처를 주고받으면서 헤어졌다. 놀라운 일은 내 친구는 교통사고의 당사자인 그 남자와 결혼했다. 나는 두 인연이 탄생하는 운명의 중심, 그 놀라운 옆자리에 있었다. 그러니 여행이 사랑을 불러올 수 있다는 생각과 기대를 내가 하는 거다. 아~ 생각해 보니 이 친구도 제주도 여행 내내 그 남자와 연락했다. 하와이에서도 내 친구는 달달한 연애를 했다. 나랑 여행 가서 달콤하면 다 결혼하나 보다. 뭔가 이상하다. 내가 연애해야 하는데 말이다. 벌써 두 번째 커플도 성사가 되었다는 생각에 우연이란 말로 애써 나를 위로해 본다. 다 괜찮았다. 왜냐하면 "곧 파리 샤를 드골공항에 도착합니다"라는 안내 방송이 나왔으니까. "파리야, 내가 왔어."

도착하자마자 제일 보고 싶었던 에펠탑을 보러 갔다. 콧노래를 부르며 여행의 동반자 구글 맵을 꺼냈다. 파리하면 에펠탑이 아닐까? 나는 그랬다. 처음 본 에펠탑은 잊을 수 없다. 샤요궁 앞에서 본 에펠탑이란 녀석. 파란색 물감을 흩뿌려놓고 그 위에 흰색의 솜사탕 같은 구름을 배경 삼아 서 있는 에펠탑. "사랑을 찾아." 나에게 이렇게 말하는 것 같았다. 정말 사랑하는 사람과 함께 있었으면 그의 품에 폭 안기고 싶은 생각이 들게 했다. "오빠, 잠깐 거기 서 있어. 내가 뛰어갈게. 그럼 나 꼭 안아줘"라고 말하고 싶었다. 나에게 에펠탑은 그랬다. 사랑에 만취하게 하는 곳 말이다.

에펠탑에 무척 심취한 나는 이제 다른 장소로 이동하기 위해서 지하철을 타고 이동했다. 지하철에서 내리니 비가 왔다. 챙겨온 우산을 쓰고 비가 오는 센강 주위를 걸었다. 파리는 비도 낭만적이었다. 비가 오고 해가 비치고 밤이 찾아와서 그런 모든 이유가 낭만이었다. 낭만에 젖고 비에 젖고 있을 때 내 앞에 우산을 들고 걸어가는 파리 커플이 보였다. 한동안 부러운 눈으로 그들의 뒷모습을 바라보다가 내 지인들의 이야기가 떠올랐다.

"다 인연이 있는 거야. 짚신도 짝이 있고 양말도 한 짝이고 안경도 두 개인데 설마 네 짝 없겠니?"라며 나를 위로했다. 그러면 나는 고개를 끄덕이면서 "부산에 없길래 서울에 있나 해서 왔어. 그런데 여기도 없으면 외국에 있는 게 아닌가 싶어"라는 말로 웃어넘겼다. 하지만 파리에 온 김에 나의

91

그대들에게 한마디 하고 싶다는 생각이 들었다. "그대들이여! 가끔은 내가 짚신과 양말과 안경과 비교되고 있다는 사실이 더 슬퍼. 또 걔들은 이미 짝으로 다닌다는 게 더 자존심 상해. 일단 파리에 왔으니 주위를 잘 살펴볼게. 혹시 보이면 그 사람에게 진격해 보려고. 애들아, 그래도 나를 걱정해주는 마음은 고맙게 받을게. 대신 그간의 서러움은 센강에 버릴 거야. 좀 서러웠어." 그렇게 생각하고는 한동안 커플의 뒤를 따라 걸었다. 일부러 따라간 것은 아니다. 배가 고파서 레스토랑을 찾아가는 길이었고, 길이 같았을 뿐이었다. 갈림길이 나오자 구글 맵을 다시 켰다.

때마침 비가 멈추었기에 우산을 접었다. 방향이 잘 잡히지 않아 이리저리 핸드폰을 들고 좌우로 움직이고 있었다. 그때 내 앞에 나타난 곱슬머리의 파리 남자. 자전거를 타고 가다가 내 앞에 멈추어 섰다. 그리고 나에게 말했다. "핸드폰 말고 저기 무지개를 봐. 파리에서는 그러는 거야." 그렇게 말하고는 무심하게 나를 지나쳐 갔다. "두둥~ 오 마이갓. 뭐지? 이 낭만적인 문장은. 이런 거 너무 좋아. 마구마구 내 마음을 헤집고 다니네. 그리고 잘생김이 곱슬머리에 묻어 있잖아. 어떻게 해." 이렇게 혼자 발그레해진 얼굴로 무지개를 쳐다보았다. 비 온 뒤 파리에 뜬 무지개는 나를 영화 속에 머물게 했다. 낯선 그곳에서 그 곱슬머리의 파리 남자는 나를 설레게 했다. 혼자 설레고 혼자 끝났다는 게 문제지만. 이 나이에 설 렘이 쉬운가? 그것도 파리에서 말이다. 사랑을 만나지는 못해도 설렘이 존재하는 이 매력적인 일들이 내 영혼을 행복하게 했다. 혼자 외쳤다. 여긴 외국이니까. 당당하게 팔을 뻗어서 "Bonjour, Paris! Je t'aime, Paris."

낭만은 알겠으니, 밥을 달라는 나의 배꼽시계가 '또로롱' 울리고 있었다. "그래, 일단 먹어야지" 하면서 구글 선생님의 지도에 따라 발걸음을 옮겼다. 저기 앞에 레스토랑 간판이 보였다. 깨방정스러운 나의 마음은 잠시 숨겼다. 최대한 우아하고 여유로운 미소를 지으며 자리에 앉았다. 파리의 거리를 보면서 와인과 스테이크를 먹었다. 와인에 약간 취한 김에, 사랑하는 너와 함께 있으면 어떨지 하는 생각을 했다. 그렇게 나는 낯선 여행지에서 존재도 알 수 없는 너를 떠올렸다. 그런 생각은 나를 '콩닥콩닥'하게 했다. 자주 심장이 뛰었다. 몸이 아픈 건 아니다. 단지 나이에 어울리지 않게 자주 뛰는 게 문제지만, 괜찮다. 나는 설렘을 좋아하니까. 우아하게 있고 싶은데 너무 신이 나서 넣어두었던 나의 깨방정이 튀어나오려 했다 "어~ 너 이러는 거 아니야. 안돼. 마음아, 진정해." 이렇게 혼자 속으로 말했다.

나이가 들어도 설렌다. 설레지만 설레는 감정이 겁난다

는 말이 맞지 않을까? 지금의 나는 안정을 원한다. 만약 '설렘'을 내 삶에 초대하고 싶다면 모험가로 변신해야 한다. 나를 배에 태우고 캐리비안의 해적처럼 망망대해 같은 곳으로 나가야 한다. 파도를 만나기도 하고 잔잔함을 만나기도 할 거다. 무엇이 나타날지 모르지만 항해해야 한다. 그래야 설렘이란 섬을 만날 수 있다. 설렘이란 섬에 잠시 정박해도 또 항해를 나가야 한다. 내 사랑을 만나려면 모험은 필수니까. 온갖 이유와 변명을 대면서 설명하고 방어했지만 설렘이 쳐들어오면 내 마음은 또 '콩닥콩닥'할 거라는 것을 안다.

나는 설렘을 방지하는 항체가 없다. 설렘을 방지하는 주사를 준다면 나는 거부할 거다. 설렌다는 건 마음이 아직 살아 숨 쉬고 있다는 거니까. 그리고 그 설렘은 내 인생에 가끔 기적을 보내주기도 하니까. 사랑이든 일이든 무엇이든 말이다. 나에게 설렘을 가득 준 파리를 이제 떠나야 할 시간이었다. 한국으로 돌아가는 길에 에펠탑을 한 번 더 보기 위해 샤요궁에 들렀다. 오늘따라 바람은 다정했다. 햇살이 귀엽게 내 팔에 내려앉았다. 햇살이 한 가닥 한 가닥 내 팔을 당기며 애교를 부리고 있었다. "가지 마." 이렇게 나를 잡는 것 같았다. 그 애교를 뿌리치기는 너무 어려웠다. 그래도 떠나야 했기에 나는 마지막으로 눈을 감았다. 그리고 생각했다.

나는 혼자 떠나서 둘이 되는 꿈을 그린다. 누군가와 함께 하는 사람들은 때때로 혼자의 시간을 꿈꿀지도 모르겠다. 무엇이 맞는지 모르지만, 우리는 각자가 행복한 꿈을 꾼다. 에펠탑이 보이는 샤요궁 앞에서 파리의 공기를 마시며 생각했다. "나는 설레고 싶어, 삶이든 사랑이든. 그런데 말이야. 내 사랑, 너는 어디에 있니? 여기도 없으면 나 오늘도 혼자 돌아가야 하니?"

90년대
서울 여자 같은 마흔

나의 중고등학교 시절이 생각났다. 그때는 통이 크고 긴 바지가 유행이었다. 기억하는 사람들이 있을지 모르겠다. 나 역시 그 시절을 살았던 사람으로 유행하는 바지를 사서 신발 뒤로 압정이나 고무줄을 끼워 바지를 고정하고 '힙'하게 거리를 다녔다. 그런 나에게 엄마는 "동네 먼지는 다 쓸고 다닐 거니?"라며 이해 안 된다는 표정으로 이야기했던 것이 기억난다. 지금 누군가가 나에게 그 옷을 입으라고 하면 손사래 치면서 도망갈 것 같다. X세대란 말이 나오던 '90년대' 자유로움을 사랑하고 패션을 통해 자신을 표현하던 세대. 물론 나는 그때 학생이라 나를 표현하는 데는 한계가 있었지만 '힙'한 바지로 나를 표현했다. 그리고 교복 치마 아래 흰 양말을 신고 딱풀로 양말 윗부분을 살에 붙였다. 그 어떠한 상황에도 떨어지지 않도록 말이다. 놀라지 마시길. 그때 나의 친구들은 다 그랬으니까.

패션을 이야기하다 보니 이름도 성도 모르는 세 커플이 떠올랐다. 얼마 전 쇼핑하러 갔을 때 일이다. 첫 번째 커플이 옷을 고르고 있었다. 여자 친구가 남자 친구에게 옷 하나를 들고 물었다. "이 옷 어때?" 남자 친구의 얼굴은 티를 내려 하지 않았지만 못마땅한 표정이었다. 그 옷은 가슴 쪽이 많이 파여 있는 옷이었다. 그때는 여름이었으니까. 남자 친구는 표정을 최대한 숨기면서 다른 옷을 들고는 "자기한테는 이 옷이 더 잘 어울릴 것 같아"라며 여자 친구에게 웃으며 이야기했다. 그 옷은 목까지 단추를 잠그는 아주 단정한 검은색 폴로 티셔츠였다. 여자 친구는 그 옷을 단호히 내려놓고는 다른 옷을 고르기 시작했다. 그 귀여운 커플의 대화를 듣느라 나는 옷을 제대로 고르지 못하고 옷 가게를 나왔다. '노출하려는 자와 막으려는 자'의 싸움에서 누가 이겼는지는 알 수 없지만 이 커플이 너무 귀여웠다.

두 번째 커플은 여자 친구가 녹색 티셔츠를 들고는 남자 친구에게 어떠냐고 묻고 있었다. 남자 친구가 센스 있게 "귀엽다. 트리 같고"라는 답변을 내놓았다. 마음에 들지 않았으나 여자 친구의 기분을 맞춰 주는 것 같았다. 그 말이 너무 이

뻐서 나도 다음에 남자 친구가 녹색 옷을 입고 오면 말해줘야지 생각했다. "자기야 귀엽다. 아주 오래된 트리 같아"라고 말이다.

마지막 세 번째 커플은 여자 친구 선글라스를 골라주고 있었다. 알이 큰 선글라스를 여자 친구가 쓰자 남자 친구가 "이쁘다. 90년대 여자 같아"라는 말을 하며 둘이 웃고 있었다. 나도 모르게 같이 미소를 지으며 가게를 나왔다. 혹시 누가 보면 커플들 대화만 엿듣는 이상한 사람으로 오해할 수 있지만 그렇지 않다. 나도 우연히 지나가다가 들어가서 들은 이야기다. 우리 오해하지 않는 거로 약속하면 좋겠다.

90년대 여자 같다는 커플의 대화를 듣다가 90년대 여자가 궁금해졌다. 유튜브에서 90년대 영상을 찾아서 보고 있었다. 자연스럽게 내 시선을 강탈하는 댓글 하나가 있었다. "90년대 그 시절의 춤꾼들은 지금 다 부모가 되어 먹고살기에 바쁩니다"라는 글이었다. 그렇지, 그때는 청춘이란 이름으로 살았다면 지금은 누군가의 아버지와 어머니로 삶을 살아가야 하는 생활인이 되었을 테니 말이다. 그 글이 나를 뭉클하게 했다. 지금 중년의 양복을 입고 다니거나 중년 부인들은 어쩌면 당대를 휩쓸고 다니던 멋쟁이였거나 춤꾼들일 수 있으리라. 그런 생각으로 다시 그분들을 보니 새롭게 보였다.

내가 옛날을 그리워하는 것은 그 시절에만 만날 수 있는 내가 있어서다. 좋은 모습이든 좋지 않은 모습이든 옛날은 아름다움으로 기억되니까. 그때의 음악을 듣거나 그 시절 유행했던 것들을 보면 자연스레 과거의 나를 생각하게 된다. 그 시절의 나와 지금의 나는 얼마나 달라졌을까? 내 어린 시절이 있던 그때로 한 번쯤은 돌아가 보고 싶었다. 그리고 그때의 나를 만나면 해주고 싶은 말이 있다.

"어른이 된다고 괜찮아질 거란 생각은 넣어둬. 그리고 너는 사십이 될 때까지 결혼을 안 했을 거야. 남자 친구도 없어. 그래도 걱정하지 마. 너는 꽤 잘살고 있고, 삶이 주는 많은 것들을 배우고 익히며 지내고 있으니까. 그게 위로냐고 묻는다면. 위로는 없어. 그저 사실을 전하는 거야. 인생은 여전히 힘들 거야. 웃음이 적어질 수 있어. 피부에 잡티도 많이 생겨 있을 거야. 관리는 하면서 살아 줘. 그래야 사십의 내가 좀 덜 힘들어지거든. 운동도 열심히 하고, 알겠지? 그런데 갑자기 찾아와서 무슨 슬픈 소식만 전하냐고? 슬픈 소식을 전해서 미안한데, 네가 지금의 내 나이가 되면 이 사실이 그렇게 슬픈 것만은 아닐 거야. 웃기지? 죄다 슬픈 이야기인데. 하지만 이런 것이 인생이구나 하면서 받아들이는 나이가 올 거야. 그렇다고 계속 우울한 건 아니야. 많은 감사와 행복과 설렘이 너의 인생에 햇빛처럼 찾아드니까 걱정하지 마. 그리고 너무 많이 고민하지 말고 뭐든지 그냥 해보라고 하고 싶어. 멈추지 마! 제발. 너의 시간은 계속 흐르고, 두려움에 멈춰있던 시간은 너에게 후회와 미련만 가져다줄 테니까. 하도 미련과 후회가 많아서 나 너무 무거워. 짐 좀 덜어줘, 우리 귀여운 꼬맹이."

만약 이렇게 말하면 어린 시절의 나는 울겠지? 하면서 혼자 웃어본다. "그래, 네가 어떻게 지금의 나를 이해하겠니? 이 녀석아! 어찌 되었든 넌 멋져, 사랑한다"라는 말을 덧붙여 본다. 나의 90년대, 그리움으로 만날 수 있는 그 시절. 그때는 지금보다 훨씬 가진 것도 적고 경험도 적었다. 그러나 잘 웃었고 행복했다. 엄마가 동네를 쓸고 다닐 바지를 사주면 세상을 다 가진 듯했으니까. 그 시절의 정과 낭만이 나의 감성을 따뜻하게 한다.

90년대 멋쟁이 서울 여자들처럼 지금의 미혼들은 멋지게 산다. 자기의 개성을 드러내고 각자의 방식으로 살아간다. 결혼은 선택이지 필수인 세상에서 벗어났다고 생각한다. 그 누구도 결혼하지 않았다고 이상한 시선으로 보지는 않는다. 어느 순간 노처녀라는 말은 사라진 것 같았다. 내가 이십 대 때만 해도 노처녀라는 말이 있었던 것 같은데 선물처럼 내가 마흔쯤이 되자 그런 말들이 사라졌다. 요즘은 결혼의 유·

무가 그렇게 중요한 것 같진 않다는 생각이 들었다. 결혼이 나와 누군가의 관계에 영향을 미치는 것이 아니니까. 그래도 우리의 부모님들은 상관이 있으시겠지만 말이다. 노처녀 히스테리란 말도 사라진 것 같은데. 이닌가? 혹시 내 뒤에서 누군가들은 그렇게 말하려나? "히스테리 또 시작되었네." 그럴지도 모르겠다. 잘은 모르겠지만 요즘은 미혼에게 좋은 세상인 것 같다는 생각은 든다.

나는 비혼주의는 아니다. 비혼이 아닌데 이상하게 자발적 비혼처럼 되어가고 있다. 누군가는 내가 비혼인 줄 알았다는 말들을 쏟아내기도 하니 어처구니가 없다. 오해든 진실이든 나는 현재 사십 대 미혼이니까. "저 비혼주의 아닙니다"라며 혼자 허공에 소리쳐 본다. 나는 여전히 설레고 기대하는 감성 촉촉, 얼굴 발그레한 사십 대이다. 그리고 그 누구에게 설렌다고 하더라도 눈치 볼 사람이 없으니 이 또한 얼마나 행복하냐는 생각도 해본다. 행복에 스며들자 나의 깨방정이 슬슬 고개를 들려는 순간, 마음을 가다듬고 도도한 표정으로 약간의 미소를 지으면서 이렇게 말해본다. "마음껏 설렐 수 있어서 기부니가 조크든요."

내 인생에
무단침입을 허락해

사람은 성장할수록 자기만의 공간과 시간을 아주 중요하게 생각하는 것 같다. 어린 시절을 생각해 보면 꼭 부모님과 함께 자려고 했다. 예전 유튜브에서 밤에 엄마와 함께 자는 아들에게 아빠가 이야기하는 영상이 있었다. "너만 엄마가 필요한 게 아니야. 원래 엄마는 아빠 거야. 그러니까 돌려줄 생각 없니?"라고 구구절절 설명했지만, 아들은 그 의미를 다 이해하지 못했다. 결국 아빠는 아들에게 다시 엄마의 옆자릴 내주고 마는 영상이었다.

그렇게 어린 시절은 혼자보다 함께하기를 좋아했다. 부모님과 친구, 그리고 어디를 가도 누군가와 함께하기를 원했던 것 같다. 그러다 나이가 들면서 점차 함께도 좋지만 나만의 고유한 영역을 가지기를 원했다. "내 거야"를 외치기 시작했고, 내 방을 원했고, 문을 잠그기 시작했다. "나의 공간에 들어오실 때는 꼭 노크를 해주세요"라고 존중받기를 원했다. 그렇게 점점 어른이 되면서 내 공간에 대한 존중을 외치고 다닐 때, 내 인생에 무단침입을 허락하는 단 하나의 순간이 있었다.

'사랑하는 사람을 만났을 때'라고 기억한다. 물론 그 허락의 시간이 기쁨으로 생각되는 시간은 사람마다 다를 거다. 알콩달콩 연애 초기일 수도 있고, 신혼 때일 수도 있다. 아니면 영원히 가져가는 사람도 있지 않을까? 이유야 어떻든 사랑하는 사람을 만나는 그 순간만은 무단침입이 가능한 시간이라고 생각한다. '너의 세상에 내가 들어가고 나의 세상에 네가 귀여운 침범자가 되는 시간, 너의 시간 속에 내가 뒹굴고 서로의 무단침입이 당연한 사이가 되는 것, 바로 연인이 아닐까?'라고 생각해 본다. 둘의 세계가 뒤섞여서 이 세상에는 존재하지 않는 색깔과 고유한 빛을 내는 연인만의 오로라가 존재하는 시간 말이다. 그 빛만이 서로의 영역에 들어갈 수 있는 특권이 있는 듯했다.

나 역시도 그랬던 것 같다. 나는 나름 독립적인 사람이지만 사랑 앞에서는 사라락 녹아버리고 싶으니까 말이다. 나를 아는 사람들은 "네가?" 이렇게 말할 수도 있는데 "네. 제가 사랑 앞에서는 그렇습니다"라고 손가락을 작게 움직이며 소심하게 말해본다. 마음의 철벽을 녹여 강으로 바다로 흘려보내 버리고 그곳에 풍성한 꽃밭을 만들어 버린다. 그리고 '너의 앞에만 서면 계속 내 마음이 무너져 버려서 안기고 싶잖아'라는 나의 보들보들한 마음을 너에게 보여주는 것, 그게 사랑의 마음 아닐까? 어린 시절에는 내가 너를 더 많이 사랑하는 것 같으면 지는 것 같고 네 마음이 식을까 봐 제대로 사랑을 표현하지 못했던 적도 많았다. 나이가 든 지금은 "내가 너를 더 사랑해. 더 사랑하는 건 약한 게 아니야. 더 사랑하는 거고 따뜻한 거지." 이렇게 생각한다. 나 스스로 조금 더 성장했다고 말하고 싶다.

이제는 사랑을 표현하고 싶다. 나의 마지막 열정을 불태워 남아 있는 힘을 다해 불나방처럼 전진하고 싶다. 비록 몇 발짝 못가 사그라지더라도. 단지 바람이 있다면 나의 사랑이 너에게 당연한 게 아니라 감사히 생각해 주는 사람이면 좋겠다. 나 역시도 네가 나를 사랑해 주는 모든 순간이 얼마나 감사함인지 매일매일 알아가는 사람이니까.

이런 마음으로 사랑하고 싶다며 홀로 멍하니 커피숍에서 생각했다. 그런데 갑자기 화가 났다. '너는 도대체 어디에 있길래 이렇게 나를 기다리게 하는 거니?' 이런 순간적인 욱함이 올라와서 아메리카노를 벌컥벌컥 마셨다. 우아하게 마실 수 없었다. 혼자 화내고 혼자 진정하는 내가 너무 웃겨서 어처구니가 없었다.

창가가 보이는 카페에서 그저 지나가는 사람들을 바라보고 있었다. 그때 노란색 바지에 상의는 검은색에 화려한 붉은 꽃무늬를 입은 할아버지가 카페로 혼자 들어오셨다. 커피를 시키고 자리에 앉으셨다. "오우~ 멋지다. 나도 나이 들어서도 패션을 포기하지 않아야지. 흰머리 가득한 날이 오면 멋지게 차려입고 카페에 와서 커피를 마시고 가야지. 그때는 이름 모를 나의 짝이 함께하려나? 아니다. 그때는 또 혼자가 좋으려나?" 하면서 할아버지의 모습을 바라보았다. 사랑은 아니지만 내 마음에 잠시 무단침입하여 멋짐을 주신 할아버지 모습 덕분에 기분이 좀 나아지고 있었다. 그렇지만 이제 다가올, 이제 다가와야만 하는 그 남자에게 한마디 하고 싶다.

"저기요. 저 도도한 여자예요. 아무에게 쉽게 웃음을 주지는 않아요. 그렇지만 당신에게는 내 인생의 무단침입을 허락할게요. come on. 같이 꽃무늬 입고 커피 한잔할래요? 계피와 견과류 둥둥 쌍화차도 좋고요. 어찌 되었든 일단 만납시다."

3장

센강 끝에 커리어 종착역이
보일 줄 알았는데

파티션 위로
마주친 눈빛

아침에 회사에 출근하면 커피를 내리기 위해 탕비실로 향한다. 컵을 씻는 사람, 커피를 내리는 사람, 김밥을 먹는 사람도 있다. 오늘 하루를 버티어 내겠다는 무언의 다짐이 느껴진다. 물론 월요일 아침에 만나는 우리의 얼굴은 너도나도 할 것 없이 얼굴 전 지역이 검은 먹구름이다. 사실 월요병은 어쩔 수 없다. 그건 대를 이어 내려온 고질병 같은 거로 생각한다. 월요일이 행복한 마법이 있을까? 있다면 그건 신의 기적일 겁니다! 라고 외쳐 본다. 일과를 시작하기 위해 탕비실을 벗어나 각자의 자리로 돌아가면 조용한 침묵과 컴퓨터 자판기의 타다닥거리는 소리, 그리고 간간이 들리는 통화 소리만 가득하다.

회사에 온 직장인이 오전에 가장 기다리는 시간은 점심 시간이 아닐까? 나 역시도 애타게 기다리던 점심시간을 행복하게 맞이하고는 사무실로 들어가는 길이었다. 길거리에 택배차가 세워져 있었고 기사님이 택배를 옮기고 있었다. 때마침 내 옆으로 다른 택배차가 서더니 창문이 열렸다. 차에 타고 있던 택배기사님이 짐을 옮기던 다른 기사님께 음료수를 주면서 "조심해서 일해"라고 말하며 지나가는 모습을 보았다. 음료수 하나 건네며 하는 작고 소박한 말인데 마음이 뭉클해졌다. 같은 일을 하는 사람만이 알 수 있는, 말로 표현하지 못하는 동지애 같은 게 느껴졌다. 우리가 타인의 직업을 얼마나 이해할까? 직업마다의 고충이 있고, 그 고충은 아무리 말해도 모를 거다. 같은 일을 하는 사람만이 이해할 수 있는 무언가가 있기에 동지애나 전우애라는 말이 생기지 않았을까?

나는 회사에서 힘든 일이 생기거나 스트레스의 강도가 높아지면 파티션 위로 고개를 올려본다. 그리고 동료와 눈을 "빼꼼" 마주쳐본다. 내가 불꽃 같은 눈빛을 보낼 때도 있고, 동료가 나를 그렇게 볼 때도 있다. 그렇게 무언의 눈빛을 주고받으며 자연스럽게 탕비실로 향한다. 그리고 커피를 한 모금 먹는다. 그리고 그냥 서로 웃는다. "눈빛으로 말해요"의 시간이다. "너도 그래? 나도 그래?" 이 한마디면 된 거 아닌가?

커피 한 모금의 동지애가 불타는 시간. 그렇게 주전부리까지 하나 입에 넣고는 다시 자리로 돌아간다. 커피 한잔과 동료의 눈빛은 나에게 이렇게 말한다. "말 안 해도 알아. 너 속상한 거." 이 말이 나의 회사 생활에는 아주 큰 위로가 되었다. 그래서 회사에는 커피믹스가 사라질 수 없다. 종이컵에 커피믹스를 타서 먹는 조합은 우리를 행복하게 한다. 힘을 내게도 하고, 배고픔을 달래게도 한다. 그리고 우리의 마음도 따뜻하게 한다. 이 얼마나 대단한 힘을 가진 커피믹스인가?

이 세상에는 다양한 직업을 가진 많은 사람들이 오늘이란 하루를 열심히 살아가고 있다. 집을 나서면 우리에게는 나의 이름이 아닌 다른 이름들이 주어진다. 직업의 이름일 수도, 직급의 이름일 수도, 또는 관계의 이름일 수도 있다. 그렇게 붙어있는 다른 이름들의 무게가 때로는 너무 힘겹기도 하고 도망가고 싶을 때도 있으리라. 나란 사람의 이름도 벅찬데 우리는 살아갈수록 새로운 이름이 부여된다. 어쩌겠는가? 그것이 인생이라 한다면 받아들이는 수밖에.

우리는 다 힘들다. 나는 그렇게 생각한다. 10대도, 20대도, 30대도, 40대인 지금도 힘들다. 우리는 다 힘든 사람들이다. 헤르만 헤세의 『삶을 견디는 기쁨이라는 책』을 보면 이런 구절이 나온다. "저녁이 따스하게 감싸주지 않는 힘겹고

뜨겁기만 한 낮은 없다. 무자비하고 사납고 소란스러웠던 날
도 어머니 같은 밤이 감싸 안아주리라.” 그래 인생이 힘든 날
이 있으면 좋은 날도 있다는 사실은 우리 모두 귀가 아프도
록 들은 이야기다. 그 이야기를 체험하는 이들도 있고, 아닌
사람들도 있으리라. 그러나 힘든 날이 오더라도 혼자가 아
닌 ‘우리’라는 이름으로 함께 살아가기에 견디어지는 게 아닐
까? 생각했다.

커피 한잔의 위로도 있었지만, 좁은 탕비실에서 나는 동
료의 위로를 마신 거였다. 그 위로가 나를 다시 일어나게 했
다. 동료가 나를 위로했듯 나 역시도 누군가에게 그런 위로
가 되는 사람이 되길 바라본다. 이 시간 누군가는 위로받는
사람도 있을 테고, 누군가는 혼자서 감당하고 있는 사람도
있을 거다. 오지랖이겠지만 나와 같이 이 세상을 살아가는
당신들의 마음 파티션 위로 나의 고개를 빼꼼히 올려다본다.

“여러분, 오늘 하루 수고하셨어요. 오늘 괜찮지 않았다면
우리에게는 다음날이 있으니 기대해 봐요. 그다음 날도 안
괜찮나요? 그러면 일단 맛있는 것을 드세요. 모든 건 단순한
곳에서 나온다고 우리 엄마가 그러더라고요. 살다 보니 맞는
말인 것 같아요. 그리고 배부름은 우리를 행복의 시간으로
보내기도 하니까요. 만약 제가 오늘 엄마에게 전화해서 힘들

다고 말하면 우리 엄마는 이렇게 말할 거예요. '집에 가서 밥 먹어 꼭. 먹고 나면 힘 난다.' 위로가 별것인가요? 다정한 눈빛, 사탕 하나, 홍삼 포 하나 그렇게 마음을 담아 주는 게 위로 아닐까요? 우린 다 힘드니까 소소하게 위로하며 살아 봐요. 여러분, 우리 모두 늙음으로 가고 있어요. 그러니 안타깝게 서로를 생각하기로 해요. 약속~"

사수는 왜
회사에만 있는 걸까?

회사에는 사수가 있다. 위에서 나를 끌어주는 사람이 있다는 뜻이다. 나에게 풀리지 않는 문제가 있거나 어려움에 봉착하면 윗사람에게 조언을 구한다. 그러면 내가 처리하지 못하는 부분을 처리해 준다. 또 내가 처리할 수 없다는 판단이 서면 본인이 처리해 주기도 한다. 물론 다 그렇지는 않아도 대부분 그렇다고 생각한다. 사수가 있어 좋은 사람도 있고, 힘든 사람도 있을 거다. 그래도 해결사의 존재가 있다는 것은 엄청 든든한 일이다. 사수란 우리를 끌어주는 존재임은 분명하고, 그를 통해 배우는 것이 있다는 것도 부인할 수 없다.

인생에도 사수가 있으면 얼마나 좋을까? 물론 지금은 좋은 세상이라 인터넷으로 스승을 만날 수도 있고, 강의를 들을 수도 있다. 다양한 방법으로 만날 수 있지만 나를 전담해서 관리해 주지는 않는다. 어린 시절에는 부모님이 나의 사수였다면 지금은 오로지 나 자신으로 바르게 살아야 한다. 바르게 산다는 기준이 상황에 따라 다르고, 그 판단은 모두 개인의 몫이니 매번 어렵다고 느낀다.

　　나는 꽤 긍정적인 편이다. 그런 나도 한없이 바닥으로 가라앉을 때가 있다. 열심히 살았는데 세상이 내 마음 같지 않거나 뒤통수를 맞을 때도 있으니까. 열심히 했는데 세상이 주는 답이 아주 형편없을 때는 머리 꼭대기까지 화가 난다. 그렇게 화가 쌓이고 쌓인 어느 날, 나는 열심히 살았던 그 '열심히'라는 말이 잘못되었다는 이유를 찾고 싶었다. 책을 보기도 하고, 강의도 들었다. 일단 열심히 살지 않아도 되는 이유를 찾기 시작했다. 그래서 그 이유를 찾았냐고? 아니. 그 어떤 것도 명확히 찾지 못했다. 그저 열심히 살았다가 힘을 빼보기도 하는 행동을 무한히 반복 중이다. 힘을 빼라는데 언제 얼마만큼 빼는지도 모르겠다. 열심히 하라는데 언제까지 하라는 건지 모르겠다. 인생은 타이밍이라는데 누가 "지금이야!"라고 해주면 좋겠다. 그래서 사수가 있으면 좋겠다고 생각했다. 가끔은 너의 길을 따라가고 싶으니까. 결정 장애의 순간은 당신에게 맡기고 싶다. 모진 바람도 좀 막아 주면 좋겠고.

그러나 그런 일은 절대로 없다. 결국 나를 전담하고 보살피고 관리하는 사람은 나 자신이다. 그렇다면 나란 사람을 어떻게 잘 키워야 할까? 일단 나를 잘 판단하려면 객관화시켜야 한다. 그렇다면 나는 나라는 사람을 얼마나 객관적으로 보고 있을까? 사람과의 관계에서도 적당한 거리가 필요한데 나는 어느 정도의 거리로 나를 보고 있을까? 자신을 객관화해서 보기란 솔직히 너무 어렵다. 좋은 건 좋아서 가까이 보고 싶고, 나쁜 건 보고 싶지 않아서 멀리서 쳐다본다. 그러니 삶의 객관화를 하려면 얼마나 많은 내공이 필요한지에 대해 생각해 본다.

　　객관화까지는 모르겠지만 오늘은 솔직히 나라는 사람의 진짜 마음을 인정하고 싶어졌다. 다 괜찮아진다는 말도 가끔은 잘 모르겠다. 힘내자는 말도 어느 날은 낯설게 느껴진다. 나는 괜찮지 않다. 현명하지 못한 구석도 많다. 어느 날은 세상 쿨하지만, 어느 날은 쪼잔함의 극치를 달린다. 그런데 멋져지고 싶고 우아해지고 싶다. 그래서 도전하고 노력하지만 작심삼일이다. 욕심은 많아서 이것저것 여전히 집적거린다. 한다고 하는데 성과가 보이지 않으니 하다가 덮어버리기도 한다. 나의 상태는 때로는 괜찮지만 어떤 날은 엉망이다. 무조건 파이팅만을 외친다고 나는 파이팅이 되지 않는다.

나는 괜찮은 척을 너무 오랫동안 했다. 그러나 나는 괜찮은 척을 또 할 거다. 인생이 연극이라면 우는 얼굴보다는 웃는 얼굴을 택하고 싶으니까. 이렇듯 나란 사람은 아주 복잡하고 예민하며 다양한 감정을 가지고 사는 인간이기에 섬세하게 다루어 달라고 나 자신에게 말하고 싶다. 어떤 틀에 나를 맞추어 가자는 무조건적인 말들은 나에게 맞지 않다. 나는 애초에 그런 사람이 아니고, 그런 사람이 될 수도 없다. 나는 나를 다양한 감정이 있는 사람으로 잘 키우고 싶다. 나는 나의 사수니까.

그래, 좀 찌질하면 어떤가? 오늘 울었으면 내일은 웃으며 부기 제거를 위해 괄사로 얼굴을 마사지하는 거지. 오늘이 별로면 또 어떤 날은 괜찮아진다. 어떻게 매번 괜찮은 사람으로 사나? 그런 건 없다. 나는 내 멋대로 사는 인간이다. 그래도 사회적 규율과 규범은 지키면서 남에게 민폐는 끼치지 않으니까, 괜찮지 않을까? "저, 그렇게 위험한 사람 아니에요. 물지 않아요. 가끔 자기 멋대로지만 조용히 자기 인생 삽니다."

인생에도
조직도가 있나요?

　가끔 나에게 하시던 엄마의 말이 생각났다. "네가 남편이 있니? 애가 있니? 널 막는 게 뭐가 있니, 그냥 해." 정답이다. 나는 자유로운 영혼이다. 나의 조직에는 덩그러니 나 혼자 사장이자 이사이자 영업부장이며 신입사원이다. 내가 쉬고 싶으면 쉬고 일하고 싶으면 일하면 되는 일인기업이다. 그러나 모든 선택에 대한 책임은 나의 몫이며 수습도 내가 해야 한다.

　내 인생의 조직도에 나 혼자라 가끔은 두렵기도 하다. 왜 두려운지 묻는다면, 나는 나름 '혼자서도 잘합니다'의 사람이지만 오늘은 괜찮아도 일주일 뒤에는 나도 모르는 이상한 일들이 벌어지기도 하니까. "둘이면 같이 으샤으샤라도 할 텐데"라는 생각을 해본다. 아마 혼자이기에 느끼는 막연한 두려움 때문이라고 말하고 싶다. 둘인 사람들도 나만큼 두려우려나? 그건 잘 모르겠다. 아직 남편을 찾지 못한 미혼이기에…

어떤 날은 "내 삶에 누군가 한 명이 더 필요해"라고 외칠 때가 있다. 무거운 짐을 옮기거나 꼭 잠긴 병뚜껑을 열어야 할 때, 와인의 코르크 마개를 열어야 할 때 말이다. 특히 가구를 조립할 때는 아주 심각해진다. 하지만 요즘은 너무 좋은 세상 아닌가? 그리고 지금 내가 필요하다고 어디 있는지 모르는 내 짝이 그 말을 듣고 나의 불편함과 힘듦을 고치러 오지도 않는다.

일단 나는 사장으로서 직원들의 불편 사항을 접수한다. 급히 인터넷 창을 열었다. 무거운 짐은 어쩔 도리가 없다. 그러나 요즘은 병뚜껑을 쉽게 여는 장치가 있다는 말을 어디선가 들었기에 검색하여 장바구니에 담았다. 자동 와인오프너와 전동공구까지 결제했다. 이제 모든 것이 준비되었다. 배송만 되면 나의 직원들도 스스로 일을 해내리라 생각한다.

그리고 가끔 혼자서 가구를 조립할 때 자동 드라이버를 돌리며 이렇게 말한다. "나 공대 나온 여자야. 이쯤은 일도 아니지"라고 자신을 격려한다. 격려가 너무 심한 날은 앞뒤를 거꾸로 조립하는 일을 벌이기도 한다. 얼마 전 이케아에서 가구를 샀는데 문짝 하나를 못 달아서 천을 달았다. 아무리 고민하고 영상을 봐도 문을 달지 못했다. 못 달았던 문짝은 어쩔 수 없이 버렸다. 그래도 크게 문제없이 돌아가는 걸 보면 사장으로서 사업체를 잘 꾸려가고 있지 않나 싶기도 하다. 조직개편은 할 수 없다. 일단은 이대로 가는 거다. 문짝은 버렸어도.

우리 회사가 위치한 곳에 6시 30분부터 문을 여는 카페가 있다. 얼마 전 평소보다 회사에 일찍 도착했기에 카페로 가서 카페라테 한 잔을 주문했다. 출근 시간까지는 여유가 있었기에 잠시 앉아서 커피를 마시기로 했다. 때마침 내 앞의 큰 테이블에 양복을 입은 회사원 6명이 커피를 마시러 왔다. 그중 제일 선임인 사람이 커피를 마시면서 회사 생활에 관한 이야기를 하기 시작했다. 직원들은 화기애애하게 이야기를 듣는 듯했다. 간혹 웃음소리도 들렸으니까. 상사의 말에 격한 공감도 하고 말이다. 그렇게 그들의 30분 미팅이 끝났고, 그들이 먼저 카페를 나섰다. 나도 서둘러 회사로 돌아갈 시간이라 정리하고 문을 열고 나갔다. 커피숍은 큰 건물 안에 있었기에 나는 나가는 길에 엘리베이터를 기다리는 직원들의 표정을 보게 되었다. 상사는 어디로 갔는지 보이지 않았지만 어둡고 지쳐 보이는 직원 5명은 있었다. 꼭 상사와의 대화가 이유라고는 할 수 없다. 상사도 부하직원들에게 우울함을 선물하고 싶지는 않았을 거다. 희망, 파이팅, 격려, 약간의 자랑? 뭐~ 이런 말들이었을 텐데… 부하직원들의 얼굴은 우울함으로 도배되어 있었었다는 점은 확실히 밝혀본다.

　　회전문을 나서면서 나도 같이 반성하게 되었다. '내가 하는 선의나 배려 그리고 나의 무용담이 타인에게는 엄청난 피로감이 될 수도 있구나. 그 이야기의 대상이 선배든 후배든 친구든 동료든 누구든 말이다.' 전해 주고 싶은 경험담이라고 말은 붙여도 "라테는 말이야" 같은 느낌으로 피로의 물질이 되어, 가뜩이나 힘들 그들의 어깨에 살포시 앉았겠다는 생각에 좀 부끄러워졌다. 물론 나의 말이 도움이 된 사람들도 있었겠지만. 그래도 한 명쯤은 있었을 거라고 믿고 싶다. 인생이든 회사든 조직도 안에 존재하는 모든 사람은 힘들다. 각자 위치에 따라 나름의 고충이 있는 법이니까. 그냥 우리는 힘들다. 윗사람도 아랫사람도. 나는 곧바로 우리 회사 후배 직원들에게 사과의 말을 띄웠다.

　　"미안해 애들아. 나도 좀 그랬지? 그래도 나를 볼 때 너무 피곤하게는 보지 말아줘. 오늘 내가 본 다른 회사의 직원들은 너무 슬퍼 보였어? 너희들도 그럴까? 사실 우리도 너희들에게 이야기해 놓고 후회해. 왜 이렇게 말이 많았지? 하고 말이야. 그런데 나이가 들면 하고 싶은 말들이 많아지고 했던 말도 반복하기도 해. 텔레비전 속 선배들처럼 멋지지는 못해도 우리도 최선을 다하고 있어. 그러니 너무 피곤하게 생각하지는 말아줄래? 너무 그러면 슬퍼질 것 같아. 애들아, 나이가 들면 늘어 나는 게 섭섭함과 눈물인 건 알지? 또 말이 길어지지. 마지막으로 딱 한 마디만 할게. 부족한 나와 함께 일해줘서 고마워! 진심이야."

영양제가 한 알
더 늘었네

나는 바보 같은 구석이 많은 것 같다. 분명 길이 아닌 것을 알면서도 가끔은 미련하게 그 길의 끝을 보겠다고 걸어간다. 왜 그러는지 나도 모르겠다. 아닌 길을 걸으면서 나는 상처 받는다. 눈물을 흘리고 후회도 한다. 바보같이 다 알면서 그 모든 것들을 감내하는 때가 있다. 청개구리인가? 미련을 사랑하는 사람인가? 내가 부족하다는 것을 인정하고 싶지 않은 건가? 삶에 대한 오기나 객기 같은 건가? '나는 아직 죽지 않았어! 아직 나의 기개는 살아있거든!' 이런 뜻인가? 아니면 질척거리는 스타일인가? 도대체 왜 그러는지 정말 모르겠다.

어떤 일은 위험이 닥치기 전에 알아서 피하기도 하고,

어떤 일은 아닌 것을 알면서도 혹시나 하는 가능성을 안고 걸어가기도 한다. 나는 도저히 내가 하는 이 모든 행태를 이해할 수 없기에 "내가 이러는 건 어떤 것이든 운명의 끈이 아직 연결되어 있기 때문이다"라는 말로 정리하곤 한다. 그 말 한마디가 뭐라고 이해되지 않는 것도 자연스럽게 받아들여지게 하는 마법이 있다.

나는 운명론과 인연설을 많이 믿는 사람인 것 같다. 그리고 운명이란 단어를 내 삶에 적용하기를 좋아한다. 이해할 수 없는 삶의 구간에는 "운명과 인연이야. 어쩔 수 없었지"라는 말로 덮어버리면 가끔은 숨이 쉬어지기도 한다. 어쩌면 나는 아직 미혼이라 결혼한 친구들보다 어느 부분은 철들지 않았는지도 모르겠다. 고생을 꼭 해봐야겠다는데 나도 어쩔 도리가 없다.

그러다 너무 힘든 날에는 삐뚤어질 거라고 혼자 말한다. 그러나 솔직히 말하면 삐뚤어질 에너지가 없고 일탈을 하기에는 체력이 부족하다. 그리고 어떻게 삐뚤어져야 하는지도 모르겠다. 그렇다고 삐뚤어지는 법을 검색할 수는 없지 않은가? 그렇게 말만 하고는 침대에 눕는다. 그러다 정 안되면 냉장고를 열고 나에게 음식들을 허용한다. 음식의 은총을 한가득 받은 후 나는 배를 두드리면서 생각한다. "내일은 운동을 열심히 해야겠다"라고 말이다. 행복한 배부름이 시작되면 삐뚤어질 거라는 생각은 사라지고 없다. 그저 뚱뚱하게 부푼 배를 외면한 채 위로 올라간 티셔츠를 끄집어 내려본다. 삐뚤어질 기력이 없는 나는 체력 보강을 위해 식탁 위에 있는 멀티비타민 하나를 물에 '퐁당' 담가 본다. 뽀글뽀글 올라오는 기포를 보며 생각했다.

마음이 삐뚤어지고 싶거나 아플 때 먹는 영양제는 없나? 하고 말이다. 내가 내 마음을 제대로 말하지 못할 때, 삐뚤게 말해도 내 진심을 누군가는 알아봐 주는 약이 있으면 좋겠다고 생각했다. 나이가 들수록 표현에 인색해진다. 내 마음을 다른 사람에게 말하는 건 점점 힘들어진다. 괜찮은 척이 늘어나거나 때로는 냉소적으로 된다. 마음이 독해져서가 아니다. 삶이 주는 상처에 화가 나서 마음이 닫혀가고 있을 뿐이라고 말하고 싶다. 어떤 약은 내 진심을 전할 수 있고, 어떤 약은 굳어버린 내 마음을 녹여줬으면 좋겠다.

나도 떨어지는 낙엽을 보며 어릴 때처럼 뛰어놀고 싶지. '세월이 또 가네…'라는 서글픔의 마음을 가지고 싶지 않아서 말이다. 내 물리적 나이는 사십 대이지만 마음의 나이는 이십 대의 어느 날이 되고 싶다. 그렇다고 "이십 대로 돌아갈래?" 한다면 "아니"라고 하고 싶다. 이십 대는 "불안했고 잘 모르겠고 잘 모르겠고 잘 모르겠다"라는 말로 대신하고 싶다. 그러면 "사십 대는 괜찮아?"라고 묻는다면 "여전히 불안하고 모르겠지만 그래도 어떻게 견디어 나가는지 조금은 알 것 같다"라고 말하고 싶다.

그런데 낙엽을 밟으며 걷든 여행을 가든 무언가를 하려면 체력이 있어야 한다. 마음의 체력도 신체의 체력도 말이다. 체력 하니까 갑자기 내 영양제 상태가 궁금해졌다. 확인해 보니 영양제 보관함 가득히 영양제가 있다. 나는 영양제를 잘 챙겨 먹는 타입이라 늘 일주일 치 영양제를 영양제 통에 정리해 두는 정성쯤을 가지고 있다. 맞다~ 영양제 이야기를 하니 우리 엄마 생각이 났다. 얼마 전 내가 엄마한테 잔소리 아닌 잔소리를 했다. 방송에 나오는 약재는 우리 집에 다 배송이 되니까 말이다. "왜 그러는 거야?"라고 물었는데 우리 집 영양제 보관함을 보니 그런 말을 한 내가 좀 부끄러워졌다.

나이 들면 누구나 다 그런가 보다. 마음은 이미 저기 달려가고 있는데 체력이 못 따라가니까. '내 체력 돌리도~'라고 하고 싶지만 그건 안 되는 일이라는 걸 안다. 코엔자임큐텐을 하나 먹으면서 생각했다. '영양제 한가득 먹고 열심히 살아보자. 영양제가 부족해? 그럼 다시 검색해서 주문하자. 과한가? 그런데 있잖아, 그게 내가 나에게 주는 사랑 같은 거로 생각해 줄래? 너를 사랑한다는 표현을 다양한 행동과 말 그리고 영양제로 이야기해 주고 싶어서. 너 사느라 고생하는 거 내가 아니까.'

내 커리어의 종착역을 알고 싶어

공감되는 내용이 있어서 메모를 해놓은 적이 있다. 〈나 혼자 산다〉에서 박나래 님이 김숙 님께 "나 어떻게 살아야 해 마흔을?" 이렇게 질문했다. 김숙 님께서는 "마흔, 너무 예쁠 나이야"라고 말하고는 뒷말을 이어갔다. 너무 예쁜 나이라고 해주는 그 말이 좋았다. 다음 말이 어떻든 그 이유가 어떻든 간에 말이다. 나는 자기 나이를 예쁘다고 생각한 적도 없고, 나의 나이를 사랑한 적도 없었다.

이십 대는 예쁜 나이지만 그때는 젊음이 영원할 것처럼 느껴졌고 성숙해지고 싶었다. 그래서 그 나이가 예쁘다는 생각을 하지 못했다. 삼십 대가 되자 슬슬 주민등록증의 숫자가 무거워진다는 것을 느꼈다. 삼십 대로 넘어갈 때 김광석

님의 〈서른 즈음에〉를 친구들과 노래방에서 자주 불렀던 것 같다. '달걀 한 판'이라며 되게 슬퍼했던 기억이 난다. 웃긴 건 사십 대가 되자 그 누구도 사십 대가 되는 슬퍼함을 내색하지 않았다. 산다고 바빠서 그랬거나 의미가 없다고 생각했나? 아니면 나이를 언급하는 자체가 무서웠을 수도 있다.

그래서인지 사십 대인 나는 올해가 몇 년도이며 나는 몇 년생이야 정도만 기억하며 산다. 만약 내가 삼십 대였을 때 누군가 "삼십 대, 엄청 예쁜 나이야"라고 했다면 나는 그 나이를 사랑했을까? 아마 누군가는 나에게 이야기했을 수도 있다. 그러나 그때는 와닿지 않았거나 말도 안 되는 소리라는 듯 흘려들었는지도 모르겠다.

내가 사십 대가 되자 나이가 예쁘다는 말을 이해하게 되었다. 그러나 이번 연도에는 그 누구도 나에게, 너의 나이가 예쁘다는 말을 해주지 않았다. 그건 기억한다. 그리고 나는 단 한 번도 나의 나이를 어떻게 살아야 하는지 물어본 적이 없었다. "성공하려면 또는 부자가 되려면, 공부를 잘하려면 어떻게 해요?"를 물어본 적은 있어도. 정작 그 나이를 어떻게 살아야 하는지는 관심이 없었다.

늘 일처럼 삶을 대했다. 그다음, 그다음 그렇게 계속 올라가는 거야. 가는 거야! 그렇게만 외쳐대고 있었다. 그래서 잘 갔는지는… 내게 묻지 않을 거라고 생각한다. 그랬으면 나는 '나의 성공기', '이렇게 살았더니 성공했어요', '나도 했고 너도 할 수 있다' 같은 성공담을 적고 있었겠지? 라는 설명을 붙여 본다.

일에 대한 종착역은 있을까? 자기만의 만족이 종착역일 수도 있고, 남들의 인정이 종착역일 수도 있다. 그렇게 커리어에 대한 종착역은 어느 정도 정해져 있는 것 같다. 물론 인간의 욕심은 끝이 없지만… 그러나 삶을 잘 살았다는 것을 확인할 종착역은 있을까? 그리고 그건 누가 확인해 주는 걸까? 타인의 판단? 나의 느낌? 잘 모르겠지만 나는 내가 행복한지에 대한 판단도 남에게 자주 맡겼던 것 같다. 나는 아파 죽어도 남들 보기 좋은 삶이면 나는 행복한 사람인 거니까. '남들 보기 괜찮으면 나는 괜찮은 인생을 살고 있는 사람이다'라고 정의 내려지는 게 슬퍼졌다.

왜 나란 사람은 나로 태어나서 남들에 의해 계속 판단되어야 하는가? 라고 질문을 던지지만 나는 내일 또 그렇게 하고 있을 거다. 그렇게 너무 오래 살아왔다. 바뀌고 싶어서 노력해 보지만 쉽지 않다. 나이가 들어가면서 느끼게 되는 것 중 하나는 내 삶은 언제나 타인에 의해 재단되고 있다는 사실이었다. 힘은 점점 빠지고 열정도 계속 소멸하는 이 마당에 삶의 진실이나 자기의 못난 모습은 왜 계속 보이는지… 바꾸는 것도 에너지가 필요한데 말이다. 어쩌겠는가? 나이가 들면서 알게 되는 진실 중의 하나가 자신에 대한 진실이라면… '어쩔 수 없지'라는 말로 자신을 이해시켜 본다. 내 삶의 종착역을 생각하다 보니 금세 집에 도착했다. 그렇게 집에 오니 덩그러니 내 나이만 나를 기다리고 있었다. 나는 나의 나이와 침대에 누웠다. 그러자 내 나이는 속사포 같은 말을 나에게 쏟아냈다.

"요즘 사는 건 어때? 괜찮아? 있잖아. 사십 대가 된다고 해서 진지해질 필요는 없어. 나는 네가 이제는 좀 가볍게 살면 좋겠어. 넌 모든 게 무거웠어. 알지? 헤이~ 그대여, 그냥 살아. 잘하고 못 하는 게 뭐 중요해. 가끔 중요하긴 해. 그건 그래. 그래도 너는 매일 무언가를 하고 있잖아. 멈추지 않고. 달팽이 걸음이든 토끼의 깡충거림이든 쇠똥구리처럼 굴러서든 너는 가고 있잖아. 인생이든 일이든 끝에 어떤 영광이 있을 거라는 생각은 저 깊이 넣어둬. 먼 곳만 바라보며 네 인생 사십 년 보냈잖아. 결국 뭐가 남았니? 없지? 그러니까 이제는 종착역 같은 거 다 두고 지금의 너를 봐줄래. 너 정말 예쁜 나이를 살고 있거든. 남들이 안 해줬다고 슬퍼하지 마. 내가 해줄게. 너는 지금부터 이거 하나만 생각해. 너의 예쁜 나이를 어떻게 예쁘게 살아 낼지, 알겠지? 그런데 그거 알아? 우

리는 오십에도 이 이야기를 하고 있을 거라는 거. 육십은 다
를까?"

워킹맘과 미혼이
연차를 대하는 마음

워킹맘의 연차는 가족을 위한 시간이거나 보통은 어린 자녀를 위한 시간이다. 아이들에게는 어떤 일이 벌어질지 알 수 없기 때문이다. 주변 워킹맘들을 보면 대단하다는 말과 함께 존경 어린 눈빛을 보낸다. 무적이 되지 않으면 할 수 없는 것이 부모의 자리라고 생각한다.

나의 동료는 아직 아이가 어리다. 친정어머니가 아이를 봐주시긴 하지만 변수가 많이 생긴다. 아이가 아프거나 아이의 행사나 친정어머니께 일이 생기면 연차를 쓴다. 그런데 늘 연차가 부족하다. 남편과 번갈아 가면서 쓰기는 하지만 아이들이란 변수 중에 가장 큰 변수들이니까. 그래서 그녀가 연차를 쓰면 늘 가족의 일이다.

나의 연차는 오로지 나만의 시간이다. 물론 나도 가족의 일을 위해 쓰긴 하지만 미혼이 가족의 일이 얼마나 있을까? 그러니 미혼의 연차는 철저히 개인의 일을 위해 사용된다. 여행을 갈 수도 있고, 전시회를 가기도 한다. 아니면 그냥 집에 널브러져 쉬기노 하는 여유의 시간을 위해 사용된다. 그렇게 미혼과 워킹맘의 연차는 동상이몽이다.

그래도 기혼자들은 믿고 의지할 수 있는 남편이 존재한다. "자기야, 나 회사 그만둘래. 너무 힘들어." 이런 투정이라도 할 수 있겠지만 미혼은 오로지 자신뿐이다. 자기 스스로 투정해봤자 뭐하나? 말한다고 공감해 줄 이가 없는데… 그래서 이 나이쯤 되면 그런 투정은 하지 않는다.

부모가 되면 아이를 키우고 잘 돌보아야 한다. 아이를 키우는 것에 비할 바는 안되지만 나를 키우는 일도 만만치가 않다. 이것저것 요구사항도 많고, 나이가 드는 만큼 다양한 경험과 새로운 무언가를 원하니 말이다. 기혼자들은 "복에 겨웠구나"라고 말할지도 모른다. 맞다. 가끔은 혼자라는 자유가 좋다. 그리고 나에게 좋은 것들을 보여주고 경험하게 하는 것도 좋다. 사랑하는 사람을 만나서 가정을 꾸리는 것도 좋지만 지금의 나도 좋다.

그래도 힘든 일이 있거나 세상의 바람이 불어오면 기혼자들은 서로 의지하며 서로의 손을 꼭 잡고 걸어간다. 그러나 나는 내 두 손을 마음대로 휘저으면 걸어간다. 잡을 손이 없으니까.

또 워킹맘은 아이들과 남편들을 돌보며 잔소리하느라 입의 휴식이 없겠지만, 나는 집에 혼자 있으니 입에는 거미줄이 가득이다. 아니면 혼잣말이 늘어서 남들이 보면 가끔 이상하게 보일지도 모르겠다. 가령 앉았다 일어나면서도 "아이고 다리야. 어제 스쿼트를 너무 많이 한 거야. 선생님은 나를 강하게 키우셔"라는 등 아무도 없는 집에 나의 말이 메아리처럼 돌아오는 경험을 자주 한다.

워킹맘을 행복하게 하고 울게도 하는 건 가족이다. 그러나 나를 웃기거나 울리는 건 나 자신이다. 어이가 없어서 웃고, 내가 기특해서 웃기도 한다. 그리고 가끔은 짠해서 울기도 한다. 그들은 가족의 미래를 꿈꾸지만 나는 나 혼자의 미래를 그려본다. 솔직히 나 혼자의 미래란? 어떤 그림을 그려가야 할지 모르겠다는 것이 지금의 답변이다.

독립하고 크리스마스가 다가오자 나는 트리 장식을 했다. 가족이 있는 사람들은 아이들과 함께 트리를 장식하겠지만 나는 혼자 트리를 장식했다. 같이 나눌 누군가가 있는 건 아니지만 트리를 만들고 산타할아버지의 선물을 받을 양말도 걸어두었다. 산타할아버지 하니까 웃긴 일화가 생각났다.

나는 초등학교 5학년 때까지 산타할아버지가 있다고 믿었다. 매일 아침 머리맡에는 선물이 있었으니까. 그런 내가 언제 산타할아버지가 없는지 알았냐면 초등학교 1학년이던 우리 동생 때문이었다. "누나야, 산타할아버지 없어." 이렇게 어느 날 나에게 이야기했다. 나는 충격이었다. "아닌데, 있는데"라고 말했더니 "그거 아빠가 주는 거야"라고 우리 동생은 방방 뛰며 나에게 이야기했다. 그렇게 우리 둘은 한참 실랑이를 벌이다가 결국 산타할아버지는 아빠란 사실을 엄마에게 듣고는 동생과 나의 싸움은 끝나게 되었다.

　엄마는 우리의 대화를 듣고는 한참을 웃었다고 한다. 순진한 나는 똑똑한 우리 동생 덕에 초등학교 5학년이 되어서 충격적인 진실을 알게 되었다. 이제 생각해 보면 우리 부모님이 나의 동심을 잘 지켜준 거다. 그러다 어느 날 아빠의 산타할아버지 역할은 동생에게 들키는 일이 생기긴 했지만…

　그래도 지금 와서 너무 감사한 건 나의 동심을 아주 오랫동안 지켜줬다는 거다. "고마워요. 엄마 아빠. 그 덕에 저의 마음속 어딘가 순수함이 아직은 살아있나 봐요"라고 양말을 걸면서 생각했다. 부모는 쉽지 않은 역할임은 분명하다. 난이도 최강의 직업이 아닐까? 한 아이의 동심도 지켜야 하고, 동심을 알아차려 버린 다른 아이의 입도 막아야 하니 말이다. 물론 우리 부모님은 동생의 입을 막지는 못했지만 말이다.

　부모의 시간에는 휴식도 연차도 없다. 연중무휴다. 그렇지만 아이를 키우면서 웃고 우는 소중한 나날은 그 무엇과도 바꿀 수 없는 보석이 되어 부모의 가슴에 담겨 있으리라. 또 이 힘든 세상에 가족이란 끈이 서로를 단단하게 해 위로가 되는 것 같았다. 그러나 미혼인 나는 혼자 묶고 혼자 푼다. 혼자 놀고 혼자 난리다. 미혼이 좋은지 기혼이 좋은지 나는 모르겠다. 그저 나는 오늘의 시간을 사랑하고, 이 시간을 사는 나를 응원할 뿐이다.

　이 세상의 '워킹맘'들은 엄마와 아내로 살면서 얼마나 자신을 녹여 내었을까 싶다. 쇠가 용광로에서 녹아나 다른 것으로 탄생하듯 엄마들은 자신의 모든 것을 녹여 아이들은 키운다. 그리고 부모의 시계는 오로지 가족을 위해 돌아간다. 부모가 되면 누구나 다 그런 시간을 겪어 낸다고들 하지만 말이 쉽지 얼마나 어려울지 조심스레 짐작해 본다.
　아무것도 모르는 미혼인 내가 수줍게 한마디 드리자면 "조금만 힘내주세요. 아이들은 자라고 당신들의 여유로운 시간은 다시 돌아온답니다." 그러나 이런 말을 하는 저는 어쩌면 신의 계획에 의해 결혼과 출산을 하게 될지도… 그래서 갓난쟁이를 돌보느라 당신들과 입장이 바뀔 수도 있겠네요.

만약 그렇다면 그때는 제게 이렇게 말해주세요. "시간은 지나갑니다. 견디세요."

그렇게 세상은 공평한 거겠죠?

다 잘할 수는 없지만

얼마 전 아는 언니와 통화하면서 "언니, 제가 집에 와서 놀지 않거든요. 운동도 가고 공부도 하고 무언가를 하는 것 같은데 도대체 뭘 했는지 모르겠어요"라고 말한 적 있다. 하루를 멍하니 보내지 않으려고 애쓰는데 결과물이 보이지 않았다.

오늘만 해도 그렇다. 회사에서 나에게 주어진 일을 치열하게 해냈다. 나름 참신한 아이디어도 몇 개 생각해 두었다. 동료들과 좋은 이야기도 나눴고, 퇴근하고 운동도 한 시간 했다. 집도 치우고 빨래도 하는 주부 모드도 가동했다. 지적인 여성이 되기 위해 책도 읽었다. 성공한 사람들이나 시간 관리 전문가들이 나를 본다면 허점투성이겠지만 나는 열심히 했다.

정신없이 모든 것을 갈아 넣어 열심히 했으나 아무것도 남지 않는 듯한 허무한 날이 있다. 그런 날은 누군가의 위로도, 유튜브의 자기 계발 영상도 통하지 않는다. 그저 아무것도 없는 텅 빈 장소에 바보 같은 나와 그런 나를 촉촉한 눈으로 바라보는 바보 같은 내가 있을 뿐이다.

열심히 안 한 건 아닌데 열심히만 했나? 열심히 하는 것만 취미가 있는 건가? 라는 생각을 해본다. 나는 취미 부자인가. 영어자료수집가부터 '열심히'라는 글을 좋아하는 사람은 아닌지 꼬리에 꼬리를 무는 생각을 하다가, 불끈 주먹을 쥐면서 "오늘 치열했지, 안 그래?"라는 말을 허공에 던져본다. 가끔 이런 날은 내 말에 대답해 주는 사람이 있으면 좋겠지만 돌아오는 건 공허함 뿐이다. "저기요. 제 말 듣는 분 없나요?" 당연히 없다. 글쎄, 우리 집에 있는 화초 하나는 내 말을 들으려나?

늘 하나쯤은 잘하는 게 있으면 좋겠다고 생각했다. 특출나지 않더라도 말이다. 다 잘하는 건 바라지도 않는다. "잘하는 게 뭐죠?"라고 물으면 입이 붙어 합죽이가 되어버린다. 하고 있는 것과 해본 것들, 집적집적 질척질척했던 것은 많다. 꾸준히 해오는 게 있다면 직장생활 12년 차를 곧 달성하고 있다는 것일까? "그 나이 되도록 이루어 놓은 것이 뭐니?"라고 물으면 내 눈과 입꼬리는 한없이 아래로 쳐진다. 나는 나의 젊음을 유지하기 위해 중력을 거스르는 방법을 찾으며 노력하고 있는데, 그 말 한마디에 나의 얼굴은 가속도를 달고 밑으로 밑으로 흘러내리는 것 같았다.

다 잘할 수 없다는 건 알지만 하나 정도는 잘하고 싶다는 생각이 간절하다. 그러면 '일만 시간의 법칙'을 적용해야 하는 걸까? 아니면 꾸준한 직장인 같은 마음이어야 할까? 내 인생은 대체 어떤 성과를 내고 있으며, 과연 내공의 장착은 어느 정도인지 알고 싶었다. 내 삶은 문서화 되거나 수치를 산정할 수 있는 게 아니니 당장 알 수가 없다. 삶의 위기가 닥쳤거나 순발력이 필요한 순간들이면 알 수 있으려나 했다. 아니면 선택의 순간이 오거나 말이다. 하지만 수치 확인을 위해 나를 위험에 빠뜨릴 수는 없다. 그건 단호히 사절하겠다.

즐거운 주말이지만 해야 할 일이 있어서 노트북을 챙겨 커피숍으로 갔다. 새벽에 집을 나서면서 '나 혼자만 이렇게 일찍 움직…'이라는 질문에 답을 하기 전에 세상은 나에게 눈으로 질문의 답을 보게 했다. 거리에는 수많은 사람들이 자신의 하루를 위해 움직이고 있다. 해장국집에는 많은 사람들이 밥을 먹고 있었고, 식당에서는 바쁘게 음식을 준비 중이었다. 버스 정류소에는 사람들이 서 있었다. 대체 이 많은 사람들은 얼마나 이른 아침부터 자기의 일을 하고 있는 건지? 이런 광경을 처음 보는 것도 아닌데 볼 때마다 놀란다. 부지런한 사람들이 너무 많다. 그 모습을 보고 있자니 알 수 없는 뭉클함이 마음에서 올라왔나. 이른 시간이라 커피숍에는 아르바이트생과 나 둘뿐이었다. 조용한 그곳에서 몇 가지 일을 마치고 집으로 돌아가는 길에 생각했다.

내가 조금이라도 잘하는 거? 숨을 크게 세 번 쉬고 떨리지만 작은 도전이라도 해보는 것. 잘하는 것은 없지만 다시 시작하는 건 잘하는 것 같다. 하다가 멈춰도 계속 다시 시도하는 것, 그게 내 특기 정도 되려나? 그리고 아침의 세상을 나보다 더 일찍 열어주는 사람들에게 감동하는 마음의 장착이라고 오늘은 나를 세상에 예쁘게 소개해 보고 싶다.

나는 끊임없이 성장하고 싶은 사람이기에 늘 꿈틀꿈틀하고 있을 거다. 또 여전히 많은 것들에 질척거리고 있을 거다. 썸만 타다가 끝나는 것들도 많고… 뭐랄까? 바람둥이 같은 느낌이긴 한데 이제는 한 사람에게 정착하고 싶다는 욕구가 불타오른다. 나도 불혹이라서 말이다.

다 잘할 수는 없다. 그러나 잘할 수 있는 게 하나쯤 있다면 이생에서 나로 사는 걸 잘 해내고 싶다는 생각이 들었다. '나를 믿고 사랑하고 나로 봐주는 것' 그걸 잘 해보고 싶다. 왜냐하면 이제껏 너무 못했다. 못했다는 말밖에는 달리 다른 말이 없다. 그러나 이 책을 쓰면서 나는 나를 알아가고 있다. 허점투성이에 두렵고 슬프고 다양한 감정을 겪어 내지만 그래도 엉뚱하고 깨발랄한, 철부지인 듯 아닌 듯한 나를 사랑하게 되었다면 말이 되려나?

그리고 나로 잘 살다가 세상을 떠나는 어느 날, 내 묘비명에는 이렇게 적히고 싶다.

"나로 태어나서 나로 사는 걸 제일 잘한 사람."

새 프로젝트 님이
로그인하셨습니다

　『니체의 말』이란 책에 보면 이런 구절이 있다. "왜? 고독한 것일까? 자신을 제대로 사랑하지 못하기 때문이다." 자신을 제대로 사랑하지 못하는 문제는 니체가 살던 시대에도, 지금의 우리 시대에도 해결되지 않는 문제인 것 같다. 어쩌면 더 오래전부터 오늘날까지 이어져 온 문제가 아닐까? 라는 생각을 해본다. 내가 알지 못하는 어떤 시대의 사람들도, 지금을 살고 있는 나도 태어나는 순간에 "네 삶에서 죽음에 이르는 순간까지 너를 제대로 사랑하는 걸 완수해야 한다"는 숙제를 받은 건가? 라는 생각을 해봤다.

　사실 자기를 사랑하는 건 매번 새로운 프로젝트 같았다. 왜냐하면 내 마음은 한결같지 않으니까. 잘 흔들리고 잘 바뀐다. 일관성, 당연히 없다. 그래서 오늘은 나를 사랑해도 내일은 나란 사람이 싫다. 자신이 싫은 이유가 거창한 것도 있지만 대부분 그렇지 않다. 실수를 해서, 남들이 나를 이상하게 볼까 봐. 무언가에 서툴 때도 그렇다. 생각해 보니 내가 싫은 이유의 대부분이 남의 시선에 내가 못난 사람으로 보이는 거라는 게 좀 슬퍼 온다.

남들에게는 아주 작은 것도 칭찬해 주는 것이 당연했지만 나 자신에게는 있을 수 없는 일이다. 그렇게 자기 관리는 철저히 한 거냐 묻는다면? "아니요, 저는 저를 사랑하는 걸 힘들어했을 뿐입니다"라고 답한다. 연애도 힘들고 자기 사랑도 힘들다. 힘들지 않은 사랑은 없는 걸까?

직장생활 십 년 차 이상이면 자기의 일 정도는 무리 없이 해낸다. 실수도 하지만 해결하는 방법을 찾아낸다. 신기하지만 그렇게 된다. 회사에서 새로운 프로젝트를 맡게 되면 "헉" 하는 마음과 스트레스가 나를 공격하지만, 또 찬찬히 생각하면 답이 나온다. 그래서 결국은 해낸다. 영화 〈인터스텔라〉의 대사처럼 "우리는 답을 찾을 것이다. 늘 그랬듯이"가 적용된다. 회사 생활에서의 축적된 나의 내공을 믿는다.

그러나 나의 삶은? 나를 사랑하는 일은? 매번 나이를 먹어도 신입의 마음이다. 서툴고 당황스럽다. 여전히 모르겠다.

일은 할수록 노하우가 생기는데 삶은 왜 이 모양인 건지 모르겠다. 회사에서는 연차가 쌓일수록 자기가 하는 일에 대한 연륜과 경험이 쌓인다고 한다. 그렇다면 삶도 나이가 들수록 자기를 격하게 사랑해야 하는 게 아닐까? 라는 생각을 해본다. 당연히 그렇게 사는 사람도 있을 거다. 그러나 나는 아니다. 매번 격하게 나와 싸우거나, 네가 그렇지 뭐~ 또는 아~ 몰라 등의 말을 내뱉는다.

사십 년 인생에서 매년 매달 내게 오는 새로운 고민은 새롭다는 말이 무색할 정도로 비슷한 고민들이 대부분이었다. 인간관계, 나의 미래, 나의 성장은 언제까지? 등의 아주 어린 시절부터 해온 고민 말이다. 대상이나 강도는 달라졌더라도 본질은 같았다. 도대체 나는 왜 매번 같은 문제로 고민하고 상처받는지 모르겠다. 바보인가? 건망증인가? 라는 말도 혼자 해보지만 도움이 되지는 않는다.

삶이 주는 상처는 오래된 전통을 가진 것이지만 나는 늘 새로운 프로젝트를 보듯 바라본다. 그리고 해결하는 태도는 출근한 지 삼 일 된 신입 같은 느낌이었다. 어리둥절, 당황, 땀이 삐질삐질 나는 상태 말이다. 회사 일을 처리할 때는 나를 믿으면서 내 삶을 살 때는 나를 못 믿는다. 언제쯤 나는 나를 믿어줄까? 그래서 누군가 나를 믿는다고 하면 그 말이 그렇게 소중했다. 아마 나는 나 자신에게 그 말을 너무 듣고 싶었으리라. 언제쯤 나를 믿게 될지는 모르겠다. 그런 연습이 되어 있지 않았고 내 삶은 늘 흔들렸으니, 내가 나에 대한 불신이 있다는 건 부인할 수 없다.

그러나 노력은 해야겠다고 생각한다. 왜냐하면 나이가 들수록 날 믿어주는 이는 사라지고, 나는 미혼이니까. 혼자서 잘 살려면 나와 나 사이의 믿음의 고리를 단단히 해야겠다는 생각을 해본다. MOU라도 체결하고 싶은 마음이지만 참겠다. 거창한 걸 하고 싶어서 나를 믿는 건 아니다. 그저 나로 태어나서 진하게 나를 한번 믿어보는 시간은 있어야겠다 싶어서다. 늘 나를 믿지 못하는 내가 내 삶에 한마디 던져본다.

"제가 늘 제 인생에서는 신입사원입니다. 조금 따뜻하게 봐주시면 빨리 정신을 차려보겠습니다. 저도 힘들어요. 그대가 계속 제 인생에 이상한 것들을 많이 던져서 수습하느라 힘들거든요. 그건 부인하지 못하시겠죠? 말이 길어지면 투정이 되니까 이쯤 할게요. 그나저나 지금은 퇴근 시간이니까 퇴근하겠습니다. 기다리는 사람이라도 있냐고요? 아니요. 그래도 칼퇴는 해야죠. 자기 사랑도, 자기 믿음도 다 퇴근 후에 시작되는 거니까요. 그리고 미혼은 바빠요. 그럼, 이만!"

4장

사심 없이 바게트를
나눠 먹는 사이는 없는 걸까?

외로움이 팝콘처럼
튀어 올라

나는 어른이 되면서부터 동그란 계획표에 정해진 일상을 사는 것을 좋아하게 되었다. 정확히 말하면 나의 다음 행동이 무엇인지 명확히 알고 싶다는 말이다. 나의 삶은 언제나 모르는 일투성이였으니까. 그래서 나는 동그란 계획표 속의 작고 소중한 하루만큼은 삶의 변수들로부터 지켜주고 싶었다. 나에게 안정감을 주고 싶었다고나 할까? 어린 시절에는 동그란 계획표를 만들고 싶지 않았다. 잘 지키지도 않았지만, 계획표를 만들면 친구와 노는 시간이 줄어들 테니 말이다. 그저 '다 놀고 싶음'이 나의 답이었다.

그러나 나이가 들고 세상을 살아가기 위해서 나는 계획이 필요했다. 해야 할 일도 많았고, 계획이 없으면 불안했다고나 할까? 그렇다면 "그 불안함을 잠재울 만큼 계획성 있게 살았니?"라고 묻는다면? "아니요"라고 말하며 "노력하고 있습니다"라는 말을 덧붙여 본다. 가끔은 나의 노력도 인생의 변수 앞에서는 무용지물일 때가 많았다. 인생의 변수들은 새치기 대마왕들이다. 원하지 않는데 불쑥 끼어 나의 동그라미에 낯선 무언가를 넣는다. 질서정연하게 오지도 않는다. 그런 변수들에게 나는 "해당 거래처와는 거래하지 않겠습니다. 거래 사절이에요"라고 이야기를 해도 아랑곳하지 않는다.

내가 무슨 수로 삶을 거역하나? 일단 삶이 나에게 던져준 것들을 정신 차리고 처리해야 한다. 삶이 던져준 일을 처리하는 정신없는 시간이 시작되면 내면의 평화는 깨어진다. 먼저 해야 할 일은 내 몸 깊숙한 창고에 저장해둔 체력을 가져다 쓰는 거다. 몸이 지급하는 마지막 '체력 보급품'일 수도 있지만 지금은 급하니까 어쩔 수 없다. 체력을 끌어모아 장착하고 벌어진 일을 해결하기 위해 안간힘을 써본다. 그 누구도 해주지 않는다는 것을 너무나 잘 아는 나이가 되었으니까.

그렇게 지친 몸으로 돌아온 날은 아무것도 하기 싫다. 내가 좋아하는 의자에 '턱' 하니 앉아서 "우렁이 신랑은 없나? 밥 좀 차려주면 좋겠다. 아니다. 우렁이 신랑이 아니라 누가 나 몰래 우리 집에 들어와서 어지르고 가는 게 분명해. 매일 치우는데 이럴 수는 없어"라며 중얼거린다. 텅 빈 곳에서 나 혼자 말하고 나 혼자 듣는다. 괜찮다. 그것이 혼자 사는 묘미 아니겠는가? '원맨쇼를 해도 부끄럽지 않은 것, 그것이 독립이지'라는 생각을 하며 냉장고에 있는 이런저런 음식들을 꺼내 먹어본다.

밤이 짙어지는 시간이 되자 나는 흐물흐물하고 있었다. 주식장이 하락하듯 나의 체력은 쭉쭉 떨어졌다. 누워서 앞뒤로의 잔잔한 손가락 활동만을 하고 있었다. 리모컨은 움직여야 하니까. 문제가 해결되는 만큼 나의 체력은 소진된다. 그건 어쩔 수 없는 일이다. 닥친 일을 겨우 해결하고 내 몸은 만신창이가 되었다. 너무 힘들어 이번 주말은 집에서 쉬어야지 생각했다.

사실 나란 사람은 주말이 되어도 집에 잘 있지 않는다. 우리 엄마 말을 빌리자면 동에 번쩍 서에 번쩍 '홍길동' 같은 사람이란다. 그렇게 돌아다니기 좋아하는 내가 어지간히 지치긴 했나 보다. 그렇게 기다리던 주말 아침이 오자 나는 Jazz 음악을 틀었다. 내가 좋아하는 식빵을 구워 치즈 한 장을 올렸다. 커피 한 모금과 빵을 '오물오물' 하면서 먹었다. 텅 빈 방에서 혼자 이야기했다. "오늘은 뒹굴뒹굴해야지. 아무도 나 방해하지 마." 그렇게 말하고는 커피 한잔을 다 먹고 다시 침대로 갔다. 먹고 바로 누우면 배가 볼록 나온다고 했지만. 오늘은 나에게 그 볼록함을 허용하기로 했다. 십분 지나지 않아 나도 모르게 잠이 들었다. 피곤했었나 보다.

한 시간쯤 지난 무렵 갑자기 나의 발끝에서부터 무언가 톡톡톡 튀어 오르기 시작했다. 익숙하지만 원치 않는 냄새를 풍기면서 나에게 다가왔다. 금세 내 몸 하나를 덮을 만큼 수북이 쌓였다. 간신히 코 하나 남았을 때쯤 놀라서 나는 눈을 떴다. "그들이 몰려왔다. 그들이다." 나는 마음의 준비가 전혀 안 되어 있는데 나의 영역으로 들어왔다. 바로 '외로움'이었다. 감정이라 정의 내린 것 중 내가 가장 싫어하는 것이 바로 외로움이다. 그들은 나의 마음에서 공허함과 허전함을 버터 삼아 팝콘처럼 만들어지는 것들이다. '탁탁탁' 소리를 내면서 말이다.

외로움이 싫은 이유는 '어떤 표정과 몸짓으로 대해야 하는지 모르겠다'라는 것이 나의 결론이었다. 분노는 화를 내고, 슬프면 울면 된다. 부끄러움은 잠깐이지만 지나간다. 나만의 감정 해결 노하우가 있다고 생각했지만 외로움만은 늘 예외였다. 어떻게 해야 할지 모른다는 말은 온전히 다 느껴야 한다는 말이기도 했으니까. 도대체 잠을 자다가 느껴지는 외로움은 어떤 의미인가? 나는 피곤했고 잠이 들었다. 그리고 외로움이 차올라 잠에서 깼다. 이게 말이 되나? 감정이 느껴지는데 이유가 없다는 게 이해가 되지 않았다.

그러나 생각해 보면 친구들과 가족들이 함께하는 순간에도 외로움이 몰려들 때가 있었다. 누군가와 함께하는 웃고 행복한 시간에도 말이다. 밖에서 신나게 웃고 떠들고 난 뒤에 집으로 돌아오면 갑자기 공허했다. 그러면 그 공허함과 외로움을 견딜 길이 없었다. 어쩌면 그들과 함께하는 행복한 순간 속에서도 내 얼굴은 웃고 있었지만, 내 마음은 외로워하고 있었는지도 모르겠다. 아니면 내 마음을 공감받지 못한 순간일 수도 있을 것이다.

다니엘 슈라이버의 『홀로』라는 책에서 읽은 "외로움이라는 감정은 내가 실제로 혼자인지 아닌지 상관없었다"라는 구절을 떠올리며 약간의 이해를 구해본다. 아마 다양한 이유가 있으리라. 아니면 이유를 알 수 없는 순간도 있겠지. 인간은 생각보다 예민하고 복잡한 회로를 가지고 사니까. 외로움은 뭔가 정의 내릴 수 없는 오묘한 무언가가 있다.

외로움이 팝콘처럼 튀어 올라 내 마음의 방을 가득 채울 것 같았다. 그 감정은 먹어도 먹어도 줄지 않았다. 더는 감당할 수 없어 밖으로 나왔다. 집 밖을 나가는 것만으로도 숨이 쉬어졌다. 거리의 번잡함 때문인지, 많은 사람들의 존재 때문인지 정확히 알 수는 없었다. 그렇지만 외롭다는 감정에서 조금씩 벗어나고 있는 듯했다. 어쩌면 밖의 화려함에 시선을 빼앗겨 외로움을 잠시 잊어버렸는지도 모른다. 나는 버스를 타고 시내의 서점으로 갔다. 서점이나 커피숍에 가면 혼자 있는 사람들이 많기 때문이다. 물론 각자의 사정에 따라 다른 목적으로 왔겠지만…

다수 속에서 혼자임을 느끼고 싶은 사람도 있고, 오늘의 혼자임을 즐기는 사람일 수도 있다. 할 일이 있어서 그럴 수도 있고. 그 사정을 다 알 수 없지만 그곳에는 '불특정 다수가 주는 위로'가 있다. 불특정 다수가 주는 위로가 뭐야? 라고 묻는다면 각자 다른 이유로 한 공간에 존재하지만, 그 존재 이유만으로 위로가 되는 것이라고 설명하고 싶다. 서로 아무 말 없이 각자 다른 일을 하지만 내 마음에 공감해 주는 것 같았다. 나는 이런 위로를 종종 느낀다. 그렇다고 그들이 나에게 위로의 말을 하는 건 아니다. 손을 잡아주는 것도 아니다. 친절의 웃음을 보내주는 것도 아니다. 그러나 어딘가에 같이 머문다는 것만으로도 위로가 되었다. 너무나 감사하게도 말이다.

이런저런 생각을 하는 찰나 나의 맞은편에서 할아버지 한 분이 책을 고르고 계셨다. 이유는 모르겠지만 갑자기 어린 시절 엄마에게 들었던 이야기가 생각났다. 자식들은 다 결혼하고 몇 년 전 아내와 사별한 할아버지 이야기였다. 혼자 사시던 80세가 넘은 그분은 매일 해가 질 무렵이 되면 거리로 나오신다고 했다. 까만 어둠이 세상을 덮는 밤이 오면 작은 의자에 앉아서 잠시 잠을 주무신다고 하셨다. 그때는 몰랐지만, 이제 아주 조금은 이해가 될 것 같았다. 그분도 나와 같이 불특정 다수의 위로를 받고 계셨던 것이 아닐까? 라는 조심스러운 짐작을 해본다.

　나이가 차곡차곡 쌓인다고 해서 모든 것이 능숙해지는 건 아니다. 여전히 서툰 것도 있다. 내겐 외로움이 그렇다. 아마 그분도 그러셨지 않으셨을까? 생각해 보면, 나이가 들수록 웃음과 행복을 느끼는 강도는 줄어드는데 외로움은 점점 늘어나는 것 같았다. 무슨 감정이길래 세월의 흐름과 같이 늘어나는 걸까? 아니면 인간은 본디 외로운 존재이고 외로움이 당연하다는 것을 알아가고 있다고 하면 되는 건가?
　이렇게 의문문이 많은 것은 솔직히 조금이라도 이해하려고 노력해 보는 거다. 그래야 조금은 버틸 수 있지 않을까 싶어서. "그 녀석은 원래 그런 거야. 그저 우리가 부여받은 주민등록증 같은 거야"라고 당연함이란 말도 덧붙여 본다.

　외롭지 않은 사람이 있을까? 외로움을 느끼는 정도는 개인마다 다르겠지만 외롭지 않은 사람은 없을 거라고 짐작해 본다. 각자의 인생에 주어진 외로움의 몫이 있지 않을까? "아까 내가 왜 외로웠지?"를 생각하다가 "그래, 뭐 꼭 이유를 알아야 할까?"라고 생각했다. 동그란 계획표를 좋아하듯이 모든 것의 이유를 알고 싶은 건 내 희망 사항이다. 답을 알면 이해가 되고, 이해가 되면 괜찮아질 것 같기 때문이다.

생각이든 감정이든 잘 정리된 삶을 살기를 원하는 나이지만 그럴 수 없다는 것을 알고 있다. 가끔은 정답을 모른 채로 사는 게 도움이 될 때도 있다. 그리고 답을 안다고 행복함 속에 머무는 것이 아니란 것도 알게 되는 나이가 되었다. "인생도 수학처럼 정확한 답이 있으면 안 되는 건가? 왜 이렇게 섬세해, 인생이란 녀석은." 이렇게 한마디 무심히 던져본다. 좀 시크해 보이려나? 하면서 말이다.

외로움이 내 인생에서 설쳐 대는 것을 꾹 참고 있었는데 오늘은 참을 수가 없었다. 내 인내심에도 한계가 있어서 말이다. 그래서 정중히 외로움이란 녀석에게 한마디 던져본다.

"외로움아, 너도 알겠지만 너는 출구 없는 매력을 가지고 있어. 그러니까 매력 발산은 그만 좀 해줄래. 내가 너를 만나려면 용기가 필요한 순간이 있어. 가끔은 그 용기를 어떻게 가져야 하는지 잘 모르겠어. 너와 어떻게 대화해야 하는지 아직도 모르겠단 말이야. 나도 방법을 찾아가는 중이야. 해서 하는 말인데, 우리 시간을 좀 가지자. 헤어지자는 건 아니고 좀 천천히 알아가자는 거지. 너를 오랜 시간 봐왔지만

여전히 나는 네가 어려워. 이해해 줄 수 있지? 그리고 한마디
만 더 할게. 팝콘처럼 나한테 그만 튀어 올라 줄래? 내 방은
한가득 외로움 너야."

바닐라 아이스크림의 반대 맛, 두려움

어린 시절 두려우면 "엄마"를 부르면 마징가 제트처럼 다 해결해 줬다. 아이스크림을 들고 "엄마" 이렇게 부르면 내 입에는 아이스크림이 있었다. 친구와 싸우고 온 날은 "엄마"라고 부르면서 엉엉 울었다. 그러면 상황이 종료되었다. 어린 시절 부모라는 커다란 세상이 있었기에 두려울 필요가 없었다. 어른들은 다 할 수 있다고 생각했고 두렵다는 감정은 어린아이만 느끼는 걸로 생각했다.

십 대가 되었다. 두려웠지만 엄마와 아빠가 있었다. 그래서 괜찮았다.

이십 대가 되었다. 젊음의 치기는 있었지만, 사회에 뛰어들어야 한다는 것이 두려웠다. 그래도 친구들이 있어서 괜찮앗다. 그들도 나와 같았으니까 위로가 되었다.

삼십 대가 되었다. 안정의 돛단배를 타고 출항할 거로 생각했지만 그건 나의 오산이었다. 또 다른 세상이 나에게 다가왔다. 친구들은 결혼과 임신, 출산에 정신이 없었다. 나는 떠나는 그들을 바라보며 혼자 남게 되었다. 우리는 각자의 삶을 살아내야 했다. 비로소 두려움과 외로움이 엄습했다. 혼자 노는 법을 배워야 했다. 많은 친구가 자신의 가정을 향해 걸어갔고, 나는 나와 우두커니 남았다. 말없이 우리 둘만 덩그러니 남았다. 그래도 버텨야 했다. 삶은 살아야 했고, 이 감정들은 오롯이 나의 것이니까 견뎌야 했다.

사십 대가 되었다. 모든 것에 괜찮은 척했다. 그런데 나이만 들어가는 나의 미래가 두려웠다. 사랑도, 사람 간의 관계도 두려워졌다. 그만 싸우고 싶었다. "덤벼라, 세상아!"라고 하기에는 체력이 떨어진다. 열정이 내 속에서 피어오르다가 자주 집을 나간다. "친하게 지내자. 세상아"라고 하고 싶은 나이가 되었다.

두려운 상황이 싫어서 변화하지 않으려 했다. 변화를 꿈꾸더라도 감당할 수 있는 만큼만 하려고 했다. 그렇게 했으면 내 삶이 안전지대여야 하는 데 아니다. 안전제일이라고 그렇게 빨간색 봉을 흔들고 방지턱도 만들었다. 그러나 두려움은 속도를 줄이지 않고 직진했다. 아마도 두려움은 안전제

일이란 말을 이해하지 못하거나 나의 비상 신호체계를 이해하지 못하는 것 같았다.

'모르면 용감하다'라는 말을 이제는 너무 이해할 것 같다. 알게 될수록 무서워진다. 왜냐하면 나는 삶에서 오는 원 펀치, 투 펀치, 쓰리 펀치… 수없이 많은 펀치를 맞고 쓰러졌으니까. 그로 인해 내 가슴은 다양한 모양의 상처들이 새겨졌다. 나는 그 상처들을 메워주지 못했다. 상처의 유입이 너무 빨라서 현 체계에서는 불가능이었다. 나의 방어력은 제로인 것 같았다.

나는 새로운 것이 두려웠다. 변화를 하기 위해서는 두려움 속에 뛰어들어야 한다는 것을 알았지만 쉽지 않았다. 두려움과 연결되는 두려움을 유발하는 모든 것은 거절하고 싶었다. 그러나 삶은 두려움을 내 옆에 데려다준다. "아니, 사랑하는 사람이 옆에 와도 부족할 나이에 네가 왜 내 옆자리를 차지하니?"라고 혼자 말해보지만, 듣는 사람도 없고 차단하는 방법도 알지 못한다.

나는 여전히 두려움과 마주한다. 누군가의 말에도, 발생한 일의 결과를 마주할 때도 두렵다. 사랑할 때도, 이별할 때도 두렵다. 사실 남의 상처보다 나의 상처가 더 아픈 게 사실이다. 그러나 늘 아닌 척했다. 나는 괜찮은 척 나의 마음은 언제나 뒷전으로 두었다. 남의 상처 위로에 마음을 다했다. 그런 시간이 길어질수록 나는 아팠다. 나의 마음을 봐주지 않고 그저 홀로 두었다.

나는 내 마음을 보는 것을 제일 두려워했던 것 같다. 그렇게 나를 외면하던 시간은 나에게 상처를 냈다. 그 상처는 때때로 상대에게 생채기를 내기도 했다. 나의 말들로, 행동들로, 눈빛들로 말이다. 나의 두려움을 방치한 결과 나는 상처속에 겹겹이 싸여 페이스트리같이 되어 가고 있었다. 숨쉬기어려울 정도로 말이다.

나는 때때로 내가 두렵다는 것을 인정하고 싶지 않았다. 인정하는 순간 나의 부족함을 세상이 알게 되어 나에게 무시의 총알을 퍼부을 것 같았다. 그래서 많은 것들을 포장하며살았다. 나이가 들어갈수록 용기가 사라지고, 용기 대신 괜찮은 척하는 일들만 늘어갔다. 그럴수록 나는 아팠다. 사십쯤되니 표정을 숨기는 것쯤은 조금은 자신이 있었다. 그러나밤이 되면 무장해제 되어 나는 흘러내렸다. 제습기를 틀어도흘러내린 마음은 뽀송해지지 않았다. 디퓨저도 곳곳에 배치했지만 나의 마음은 향기롭지 못했다.

나는 여전히 새로운 곳에 가면 아주 익숙한 척을 한다. 모르면 모른다고 하면 되는데 괜히 나를 이상하게 볼까 봐아는 척을 한다. 그런데 조금만 시선을 들어 주위를 둘러보면 나와 같은 사람들이 많다. 나만 서툰 게 아니다. 나도 너도 우리는 다 서툴다. 인생에 왜 그렇게 힘을 주고 사는지 모르겠지만 나는 두려움이 많은 인간이라 그렇다고 스스로에게 말해본다. 두려움을 이겨내려면 서로 마주 봐야 하는데 두렵다는 것을 인정하는 용기는 어디서 나오는 걸까? 나를 보는 것부터 시작되는 걸까? 그러면 나를 보는 건 어떻게 해야 하는 걸까? 잘 모르겠지만 먼저 용기를 내야겠지. 내가 나를 본다는 건 즐거운 일은 아니니까. 참~ 어렵다. 나 하나 데리고 사는 거.

오늘은 여전히 두렵고 부족함을 숨기기 위해 애썼던 나에게 이렇게 말하고 싶다. "내가 바닐라 아이스크림 사줄게. 나랑 같이 아이스크림 먹으면서 너의 이야기를 해줄래? 오늘 어떤 일이 있었고, 어떤 마음이었는지? 그저 나는 너의 마음을 듣고 싶어. 그런데 말 안 해도 괜찮아. 오늘 날씨 좋지? 그런데 있잖아. 나는 두려우면 이렇게 말해. '나는 두려운 게 아니고 익숙하지 않은 거다.' 그러면 조금은 괜찮아지는 것 같기도 해. 그렇다고."

살다가 어느 날 나의 신호체계가 말한다. "전방 100m 앞에 두려움이 발생했다. 응급상황이다. 대응하라." 그러면 나는 크게 심호흡하고 "너는 두려운 게 아니야. 그저 익숙하지

않은 것뿐이야. 왜? 무서워? 실수할까 봐? 야~ 년 처음이잖
아. 당연한 거지. 두 번째야? 괜찮아. 100번이면 어떠니? 다
괜찮아. 너만 그런 것 같지? 잘 보면… 다들 그러고 살아. 그
게 인생이다 생각해." 이렇게 말하는 쿨함을 장착해 보려고
한다. 내 나이 이제 불혹, 용기를 내고 싶다. 나의 인생에서…

눈물도
정량이 있을까?

인생에는 내가 원하든 원하지 않든 일어나는 일들이 있다. 나의 감당 여부와는 상관없다. "내 인생인데 어이가 없네?"라고 중얼거려봐도 나 혼자만의 발버둥일 뿐 그들은 그냥 온다. 그래서 피할 수 없다. 올곧이 느끼고 버티고 쓰러졌다가 이겨내려 노력해야 한다. 이겨내지 않으면 그 속에 잠식되어 내 삶이 엉망이 되어버린다는 것을 알기 때문이다. 아픈 건 싫다. 아파야 한다면 견딜 수 있는 고통까지만 허용하고 싶다. 나의 이십 대 그 시절, 나는 인생의 불가항력적인 일을 만났다. 영원히 지워지지 않을 마음의 상처가 생겼다. 그저 평범한 어느 날이었다. 엄마에게서 전화가 왔는데 아빠가 심근경색으로 갑자기 돌아가셨단다.

아침에 "학교 잘 다녀오겠습니다." 이렇게 인사하고 나왔는데 그것이 아빠와 나의 마지막 대화가 될 줄은 몰랐다. 나는 사람이 너무 놀라고 충격을 받으면 눈물이 나지 않는다는 것을 그때 알았다. 나에게는 부모라는 두 개의 우주가 존재했다. 나의 두 개의 우주 중 하나의 우주가 사라졌다. 작별 인사도 없이 말이다. 나는 절망했다. 다시 돌이키고 싶었지만 신이 아니기에 내가 할 수 있는 일은 아무것도 없었다. 그저 믿고 싶지 않은 일을 믿어야 한다고 억지로 자신을 설득하는 방법뿐이었다.

나는 장례식장에서 아빠에게 마음으로 말했다. "아빠, 나는 당분간 울지 않을 거야. 동생 대학도 가야 하고, 나는 대학원에 가서 학업도 이어야 해. 모든 것이 어느 정도 정리된 후 매일 울 테니까 섭섭해도 이해해 줘. 나는, 우리는 지금 살아내야 해." 그렇게 다짐했다. 나는 간혹 울긴 했지만 아주 꾹 참았다. 그렇게 동생은 대한민국에서 가장 좋은 대학에 들어갔고 무사히 사법고시도 패스했다. 나도 대학원을 졸업하고 한 사회의 구성원으로 사회에 나왔다. 내가 한 일은 없다. 그저 각자의 삶을 각자가 최선을 다해 살았을 뿐이다.

우리는 좋은 일이 있을 때마다 아빠 산소에 갔다. 동생의 입학증과 사법고시 합격증을 아빠 산소에 붙여 놓았다. 그렇게 하고 싶었다. 나는 아빠가 돌아가시고 알았다. 슬픈 일이 있을 때보다 기쁜 일이 있을 때 더 많이 보고 싶다는 것을 말이다. 한동안, 아니 나는 아주 오랜 시간 아빠를 기다렸다. 내 옆에 올 수 없디는 것을 알면서 기다렸다. 기다리지 않으면 정말 흩어져 버릴 것 같아서. 그 흩어짐을 바라볼 자신이 없었다. 나는 그랬다.

그렇게 십 년이 흘렀고, 삼십 대의 어느 날 나는 마음 치유를 위해 명상센터에 갔다. 한참 명상을 하고 있는데 아빠 생각이 났다. 울다 울다 멈추어지지 않는 슬픔에 도저히 참을 수 없었다. 너무 슬퍼서 명상센터 선생님께 울면서 물었다. "저 지금 너무 슬픈데 눈물에도 끝이 있나요?" 그러자 선생님께서는 "눈물에도 정량이 있지"라고 말씀하셨다. 그 말을 듣고도 나는 아주 오랜 시간을 울었다. 그때는 그 말을 믿을 수 없었다. 여전히 너무 슬펐고, 가슴을 부여잡으며 울고 있었으니까. 어쩌면 아빠와의 약속을 십 년이 지난 오늘에 지키고 있는지 모른다고 생각했다. 그때 참아왔던 슬픔을 이제 토해 내기 시작했으니까.

시간이 흐른 지금 생각해 보니 그 선생님의 말씀이 맞는 것 같다. 그런데 눈물의 정량이 있다는 말보다는 시간이 지나고 용기가 생기면서 그 슬픔을 바라보는 힘이 생기는 것 같았다. 슬프지만 도망치지 않고 그 슬픔을 바라봐 주며 "너

여기 있었니? 미안해, 너를 혼자 두어서"라고 말하는 것부터가 시작이라고 생각했다. 그렇게 인정함이 시작될 때 비로소이겨낼 수 있는 게 아닐까?

사실 우리 가족은 한동안 너무 아파서 "아빠가, 남편이" 보고 싶다는 말을 서로 하지 않았다. 서로가 아픈 것을 보는건 고통스러웠고, 그 말을 하는 순간 마음이 무너질 것 같았으니까. 마음이 무너지면 안 된다고 생각했다. 우리는 버텨야했다. 그저 각자가 각자의 삶을 묵묵히 바라보며 살았다. 우리 세 가족은 그렇게 한 사람의 빈자리를 채우기 위해 안간힘을 쓰며 각자의 자리에서 버텨내고 있었다.

어느 날 혼자 생각했다. 내 삶에 기적이 일어나서 아빠를 5분간 만나게 해준다면 나는 무슨 말을 할까? 하고 말이다. 머릿속에 수많은 말이 지나갔지만 그저 "아빠"라고 불러보고싶었다. 세상에서 내가 제일 부르고 싶은 단어, 그러나 영원히 부를 수 없는 말 '아빠'. 그 말이 목에 턱 하니 걸려서 가시처럼 내 목을 찔러댔다. 용기를 내서 오늘은 참아왔던 말을 뱉어 본다.

"아빠, 나 어때 보여? 최선을 다해서 살았는데 아빠가 보기 참 좋았으면 좋겠다. 그런데 아빠. 나는 너무 아팠고 씩씩

한 척도 많이 했었어. 사실은 너무 힘들었어. 그런데 힘들다고 말할 수 없었어. 기댈 수가 없었어. 누군가에게 기대면 무너져 버릴 것 같아서 참았어. 그리고 혼자 있는 순간에도 아빠가 보고 싶다고 말하지 못했어. 참을 수 없는 슬픔이 몰려올까 봐. 그런데 그거 알아? 아빠가 보고 싶다는 말을 내뱉는 데 십 년 걸렸다. 아빠 딸 미련곰탱이 같지? 내가 좀 그래… 아빠, 마지막으로 하고 싶은 말이 있어. 아빠와 나의 마지막 날 아침에 "다녀오겠습니다"라고 하는 인사를 왜 더 따뜻하게 하지 못했는지… 그 자책이 몇십 년간 내 마음속에 걸려 있었어. 이제는 좀 벗어나도 되겠지? 미안했어… 그리고 이생에서 나의 모든 것을 다한 어느 날 아빠가 있는 세상으로 가게 되면 환히 웃으며 말할게. '아빠의 딸로 멋지게 살다가 다시 아빠를 보러 왔습니다. 잘 다녀왔습니다. 아빠. 사랑해요.'"

요가복은 뒤집어 입어야 따뜻하더라

    회사를 마치고 헐레벌떡 필라테스 학원으로 갔다. 오늘따라 차가 너무 막혀서 수업 시작 2분 전에 도착한 나는 가쁜 숨을 내쉬며 황급히 자리를 잡았다. 선생님을 따라 동작을 시작한 그때였다. 거울에 비친 나의 모습, 그 모습이 낯설었다. '낯설다, 너!' 왜냐하면 내가 입은 검은색 요가 티셔츠 옆에 붙어있던 하얀색 상표가 '안녕'하면서 인사하고 있었기 때문이었다.

    이게 무슨 일인가? 티셔츠를 뒤집어 입었네. "오 마이 갓! 넌 정신을 어디에 두고 사니? 이 나이쯤 되면 자기에 대한 정돈쯤은 하고 살아야 하는 것 아니니?"라며 속으로 스스로에 대한 핀잔을 늘어놓고 있었다. 그러한 실수는 내 나이에 맞지 않는 거였으니까. 그런 상태로 교양의 미소를 장착한 채 선생님께 싱긋이 눈인사하며 들어온 내가 더 부끄러웠다.

옷을 다시 갈아입기에 애매해서 동작은 따라 하고 있었지만 온전히 집중할 수 없었다. 그때 운명처럼 내 눈에 보인 건 나와 비슷한 또래의 여자 회원이었다. 'destiny' 그녀도 오늘 바쁜 일이 있었는지 나와 비슷한 시간에 들어왔었다. 그녀의 자리는 내 앞자리였고, 검은색 요가 바지를 입고 있었다. 허리 부분에 은색으로 어떤 글씨가 적혀 있었는데 '브랜드 이름과 사이즈'였다. 그녀는 바지를 뒤집어 입고 있었다. 브랜드마다 다르겠지만 바지 안쪽 면에는 옷의 정보가 적혀 있어 앞뒤 구분이 가능하게 되어 있다. 그녀가 허리를 앞으로 숙이는 동작을 할 때마다 그녀의 바지 사이즈가 나에게 '안녕'이라고 인사를 했다. 나는 그녀와 3개월 이상 운동하면서 인사도 안 해 봤는데 그녀의 바지와 나의 티셔츠는 서로 정답게 인사를 나누는 듯했다.

그녀의 요가 바지를 보며 '나만 그런 게 아니었구나, 당신의 오늘도 나처럼 정신이 없었구나'라는 생각이 들자, 나 자신을 다그치는 일을 멈추었다. 그녀의 뒤집어 입은 요가 바지는 정말 나에게 위로가 되었다. 그렇게 필라테스가 끝나는 시간이 다가올수록 마음이 평온해지고 따뜻해졌다. 우리는 그날 필라테스 선생님께 큰 웃음을 드렸을 거라 짐작해

본다. 회원 두 사람이 옷을 뒤집어 입고 있었으니 말이다.

　나만 특별히 이상한 것도, 너만 특별히 이상한 것도 아니다. 우리는 별반 다를 것이 없는 사람들이다. 그리고 인연의 고리가 깊다고 해서 서로 위로를 주고받는 것 같진 않다. 그저 스치는 인연 속에서도 위로받을 수 있음을 알았다. 나이가 들수록 타인의 실수를 바라보는 관용은 늘어나지만, 스스로에 대한 잣대는 엄격해진다. 사회적 책임과 타인의 시선에 신경을 아주 많이 쓰는 삶을 살게 된다.

　꽤 괜찮은 사람이어야 한다는 압박과 정형화된 틀에 나를 가두는 일이 많았다. 그리고 그 틀에 어긋나면 자신을 괴롭히는 시간도 종종 존재했다. 가끔 스스로 자책이 올라오는 날에는 그녀의 뒤집어 입은 검은색 요가 바지를 생각한다. 선명하게 기억난다. 그녀의 바지 사이즈까지. 그녀도 아마 나의 뒤집어 입은 옷을 보았을 것이다. 내가 팔 올리는 동작을 할 때마다 흰색 상표가 그녀에게 인사를 했을 테니까. 오늘은 그녀에게 하고 싶은 말이 있다.

　"고마워요. 위로가 되어 주어서. 지금 어디에 계시는지 모르겠지만 당신도 저의 뒤집어 입은 티셔츠를 보셨기를 바래요. 당신이 살아가는 세상에서 가끔 스스로가 미워지거나 실수로 괴로울 때 뒤집어 입은 저의 티셔츠가 작은 위로가

되길 바라는 마음이에요. 당신도 제게 위로를 주셨으니 이름
도 성도 모르는 당신이지만 저의 위로를 보내요. 오늘 너무
애쓰셨어요."

베이컨 버섯 샐러드
1인분이요

점심을 먹으러 가는 샐러드 집이 있다. 일주일에 3번은 가는 것 같다. 나는 그곳의 다양한 메뉴 중 '베이컨 버섯 샐러드'를 좋아한다. 가게는 부부가 운영하는데 음식이 담백하고 정갈하다. 7개월간 늘 같은 시간에 같은 메뉴를 시키는 여자가 나였다.

근무지가 바뀌어서 3개월간 그곳에 가지 못했다. 오랜만에 다시 원 근무지로 복귀하게 되자 어김없이 그 집으로 점심을 먹으러 갔다. 여자 사장님이 나를 보시더니 "오랜만에 오셨네요." 이렇게 말씀하시면서 활짝 웃으셨다. 나는 "저를 기억하시네요." 이렇게 답했다. 사실 7개월을 갔으면 기억을 하고 있었으리라. 단지 나도 그들도 수줍음이 많던 탓이라고 생각해 본다. 그 인사 후 점심때마다 반갑게 인사한다. "안

녕하세요"라고 웃으면서 하는 짧은 말이 반가운 건 왜일까? 아마도 그 인사에는 담백한 진심이 묻어 있기 때문이 아닐까? 하고 생각해 본다.

진심이란 녀석은 소박하고 때로는 촌스러운 것 같다. 그런데 그 진심 어린 말들이 영혼을 치유하기도 하고 따뜻하게도 만든다. 화려하거나 유식한 말도 아닌 투박한 시골 된장 같은 말들이 눈물을 '그렁그렁'하게 하는 힘을 가지고 있다는 사실을 나는 안다.

갑자기 일본의 〈심야식당〉이란 영화가 생각났다. 심야에 문을 여는 작은 식당에 사람들이 술과 밥을 먹으러 온다. 작은 테이블을 마주하고 각자의 이야기를 하고 위로를 얻는다. 그리고 마스터라고 불리는 가게 주인의 덤덤함이 내게는 더 매력으로 느껴졌다. 영화가 시작되면 이런 말이 나온다. "영업은 저녁 12시부터 다음날 7시까지, 메뉴는 단조롭다. 무슨 음식이든 주문이 들어오면 가능한 건 만드는 게 방침이다." 가능한 건 만드는 게 방침이라는 말이 너무 좋았다. 그 말이 정겹게 느껴졌다. 간결하고 군더더기 없는 마스터의 성격과 같은 영업방침이랄까?
이 영화를 보면서 이런 술집을 발견하면 좋겠다고 생각했다. 그러나 아직 〈심야식당〉과 같은 술집은 발견하지 못했다. 내가 그런 곳을 찾고 싶었던 이유는 서로의 마음을 마시러 가고 싶었기 때문이었다. 서로의 진심에 취하고 싶었다. 나의 일상을 이야기하고 너의 이야기도 들으면서, 툭 털어버리기도 하고 위로도 주고받는 시간을 가지고 싶었다는 이유를 대본다.

진심에 대해 이야기하다 보니 몇 년 전 로마 여행이 생각났다. 트레비 분수를 찾으러 가다가 어느 성당에 들어간 적이 있었다. 고요히 눈을 감고 있었다. 성당의 차분하고도 찹찹한 공기가 마음을 평온하게 하는 것 같아서 말이다. 그때 나의 마음 깊은 곳에서 이런 소리가 들렸다. "너는 늘 기도하더구나." 이 말에 나는 울었다. 왜냐하면 그 말은 사실이었고 담백했으며 정갈했다. 그 길지 않은 말이 나를 울렸다.

나는 가끔 하늘을 보며 기도했다. "두렵습니다. 늘 두려웠습니다. 지금의 이 고요함 속에는 둘만 존재합니다. 저의 기도를 듣는 당신 그리고 기도하는 제가 있습니다. 저는 삶이라는 길을 걸어가야 합니다. 나아가야 합니다. 그러니 부디 저에게 한 말씀만 해주시기를…" 이렇게 기도했다. 누군가가 들을까? 라는 생각 반과 누군가가 제발 들었으면 좋겠다는 생각 반으로 기도했다.

그런데 나의 기도를 들은 누군가가 있었다. 나 자신일 수도 있고, 어떤 위대한 존재일 수도 있다. 그 대상이 누구인지는 중요하지 않다. 그리고 그 말이 나의 상황을 해결해 주지 않는다. '그저 내 마음 아는 이가 이 세상에 존재하네'라는 사실이 나를 위로했다. 진심 어린 위로가 가진 힘이 얼마나 강력한지는 받아본 사람은 알 것이다. 그 위로면 다시 세상을 살아갈 힘을 얻는다. 시골 된장 같은 진심이 된장찌개가 되어 내 마음에서 '뽀글뽀글' 요리되는 순간이었다. 구수한 냄새와 함께 말이다. 로마에서 된장찌개라니? 좀 이상하지만…

그렇게 성당을 나온 내 눈은 또 개구리처럼 부었다. 트레비 분수 앞에서 찍은 사진을 보면 사연 있는 여자처럼 눈이 부어있다. 그 와중에 트레비 분수에 동전을 던지겠다며 동전을 꺼내서 분수 앞으로 갔다. '오른손으로 왼쪽 어깨를 통해 동전을 던져야 해'라며 한국에서부터 적어 온 메모를 확인하고 동전을 던졌다. 하나를 던지면 로마에 다시 오게 되고, 두 개를 던지면 로마에 와서 사랑을 찾는다는 말이 있어서 나는 당연히 두 개를 던졌다. 셀카도 찍었다. 나란 여자 가지가지한다. 그래서 나는 내가 좋다. 웃기고 엉뚱하고 이상하다.

'단골', 나도 누군가에게 단골 같은 사람이 되고 싶다. 담백하게 위로가 되는 사람 말이다. "베이컨 버섯 샐러드시죠? 오늘은 점심이 늦으셨네요?"라고 말하며 웃는 미소가 나의 하루를 기쁘게 한다. 그곳에 가면 나를 꾸미지 않아도 된다.

그곳에 가면 나를 마음으로 반겨주는 사람들이 있다. 오늘도 나의 위로가 되는 곳, 그곳은 나의 단골집이다. 이제 일 년을 먹어서 메뉴를 바꾸어 보았다. 리코타 과일 샐러드에 단호박을 추가한 메뉴다. 메뉴도 바뀌었는데 나란 사람도 좀 바뀌었을까? 바뀌길 기대하면서 나에게 이렇게 말해본다.

"자네, 이왕이면 몸무게의 숫자를 좀 바꿔보는 건 어떤가? 한 3kg만 빼면 좋겠는데 말이지. 아주 몇 년째 자네의 목표 리스트에 3kg만 적혀 있는 게 좀 지루하거든. 그런데 내가 궁금한 것이 있다네… 자네는 샐러드를 그렇게 먹는데도 왜 살이 안 빠지나? 참 알다가도 모르겠군. 최대의 미스터리야. 내가 자네를 유심히 지켜보는데 자네는 좀 특이하네. 하여튼 그렇다네."

걱정은 과자만 부르는 거야

나이가 들수록 두려움은 거칠게 다가온다. 걱정과 불안도 계속 도발한다. 그런 비상사태를 맞이하는 내 마음은 언제나 신체 경고등을 켠다. 눈동자가 흔들리고, 몸에 땀이 삐죽 난다. 나는 침착하고 싶다, 격하게. 그러나 나는 언제나 당황한다. 이런 나의 비상사태가 선포되어도 그 누구도 출동하지 않는다. 묻고 따지면서라도 출동해 주면 참 좋겠는데 나만 홀로 서 있다.

마흔의 시간을 사는 나는 여전히 걱정이 가득하다. 걱정과 고민은 예고편 없이 우리 삶에 직진하고, 해결법의 유무와 상관없이 나를 힘들게 한다. "걱정아! 나는 너를 원하지 않지만 너는 왜 고민까지 데리고 와서 이렇게 나에게 질척거리니?"라고 말해주고 싶다. 그러나 만나면 입이 떨어지지 않는다. 오늘은 그 질척이 세트로 구성된 걱정과 고민을 만나는 날이었다.

회사에서 진행하는 새로운 프로젝트를 위해 마지막 서류점검을 마쳤다. 연차가 오래 되어도 여전히 새로운 일을 할 때 생기는 걱정과 떨림은 어쩔 수 없다. 서류 접수까지 마친 나는 진한 커피 한잔을 내려 자리로 돌아왔다. 내 눈 밑 다크서클은 약 5cm 정도 내려왔지만 괜찮다. 오늘의 일은 처리했으니까.

가끔 그런 날이 있다. 일을 끝냈는데 일과 함께 퇴근하는 느낌 말이다. 오늘은 유독 일의 잔상이 나를 따라다니는 것 같아서 집으로 돌아와 황급히 헬스장으로 갔다. 나는 걱정이 생기거나 기분이 울적하면 운동을 한다. 런지와 스쿼트 4set를 마치고 나면 단기간에 '나는 누구? 여긴 어디?'라는 '멍'의 행성으로 나를 보내버린다. 육체의 고통이 마음의 번잡함을 이기는 순간이기 때문이다.

그렇게 열정적인 운동을 마치고 샐러드를 폭풍 흡입했다. 음악을 틀어놓고 내가 좋아하는 로브를 입고 침대에 앉아 책 한 권을 들었다. 고요함이 나의 모든 것이 되는 찰나 '내가 서류를 제대로 작성한 건가? 틀렸으면 어떡하지?'라는 불안과 걱정이 엄습했다. 그들은 야심한 밤에 '똑똑똑' 문을 두드리며 수줍게 나를 찾아왔다. 그 순간 모든 평안은 깨어지고 나와 걱정만 덩그러니 남았다.

"이 밤에, 이 고요함 속에 너와 나만 있으면 어쩌라는 거지? 나는 어디로 도망가지?" 머리를 부여잡고 침대 위에 '철퍼덕' 쓰러져서 좌우로 몸부림을 치다가 벌떡 일어났다. 본능적으로 싱크대 옆 선반으로 터벅터벅 걸어가서 깊숙이 넣어둔 나의 보물창고에서 과자를 꺼냈다. 나의 보물창고에는 다이어트가 끝나면 먹어야지 하면서 사둔 쿠키, 과자, 초콜릿 등이 아름답게 존재를 뽐내고 있는 곳이다. 먹고 싶은 욕구를 참아 보려고 선반 가장 꼭대기에 두었는데 과자를 꺼내기 위해서는 높은 의자가 필요했다. 나는 아주 성실하게 매번 그 수고로움을 행했다. 당연히 다이어트는 여전히 진행 중이고 과자만 계속 사라지는 마법이 일어나고 있다는 게 씁쓸하지만, 어쩌겠는가? 그게 '나'란 사람인데.

마흔쯤 되면 이럴 거라는 막연함이 있었다. '불안과 초조함을 주는 녀석들과는 진작 이별을 고했을 거야. 그리고 새로운 인연들인 평안과 여유를 만나 꿈꾸던 삶을 살고 있을 거야'라고 생각했었지만, 지금의 나는… 그저 긴 인생에서 마흔이란 마을을 지나고 있는 서툰 여행자일 뿐이다. 걱정들과는 이별하지 못했고 여전히 질척거린다.

하지만 그 속에서 알게 된 두 가지 사실이 있다. 어떤 나이도 걱정 앞에선 우아할 수 없고, 내 인생에 '삐뽀삐뽀' 사이렌이 울리면 출동하는 사람은 '나'뿐이란 것이다. 모든 것에 딱 맞는 해결법을 한꺼번에 찾을 수는 없다. 아직 나는 나아가는 중이고, 경험하고 배워가는 중이다. 걱정은 별로지만 그 시간이 나를 성장하게 한다는 건 안다. 힘들면 나를 몰아세우기보다 내가 행복한 일을 하는 것도 도움이 된다. 그것이 어떤 일이라도.

그런 의미에서 오늘 밤 나는 행복이란 기름에 걱정을 잘 튀겨보기로 했다. 과자 한 봉지를 경쾌하게 뜯어서 '와그작와그작' 먹기 시작했다. 탄수화물과 지방의 향연은 나의 입과 귀에서 춤을 췄다. 밤 11시에 먹는 과자는 엄청나게 매력적이다. 난 유혹 당했고, 무방비 상태였다. 그리고 혼자 중얼거렸다. "걱정은 과자만 부르고 과자는 나의 살을 부르지만, 지금은 숨 좀 쉴 것 같아. 그럼 된 거지. 에이~ 인생 뭐 있어~"

내 삶에도
교통 표지판이 필요해

아빠는 여행 다니기를 좋아했고, 어린 시절 우리 가족은 주말마다 어디론가 여행을 갔다. 지금 내가 여행을 좋아하는 것은 그 영향이 지대했으리라 생각된다. 내비게이션이 없을 때 아빠의 차에는 전국 지도책이 있었다. 크기가 A3 크기 정도였던 것 같다. 지도책을 보며 도로 표지판을 지침 삼아서 여행을 다녔다. 모르는 길은 차를 세워 지나가는 사람들에게 물어봤다. 그 시절은 그게 당연했다. 나도 운전을 하는 사람이지만 그 방법으로 어딘가를 가라고 하면 "NO"라고 할 것 같다. 그래도 그때는 누구나 그랬으니까. 커다란 지도책만 차에 있으면 어디든 갈 수 있었다.

문득 그런 생각이 들었다. 내 인생도 커다란 지도책과

표지판이 있다면 잘 살 수 있을까? 라고 말이다. 나는 내 삶의 운전자이다. 그러나 종종 삶의 목적지를 잃어버린다. 목적을 세워도 가는 길을 잃어버리거나, 다른 길로 빠진다. 또 가다가 자주 포기하고 제자리로 돌아온다. 나란 사람의 인생을 운전하기란 정말 쉽지 않다.

　　사십이 되자 불혹의 의미를 찾아본 적이 있었다. 불혹이란 '세상일에 정신을 빼앗겨 판단을 흐리는 일이 없는 나이'라고 정의되어 있다. 그 뜻과 내 삶의 이질감을 발견하고는 손으로 입을 막았다. 나는 종종 정신을 빼앗겨 판단을 흐린다. 자주 깨방정을 떨기도 하고, 철이 있어 보이기도 하고 없어 보이기도 한다. 성숙한 부분도 있겠지만 명랑 쾌활하다. 일부러 진중한 척하고 싶지는 않다. 그건 내가 아니니까. 그리고 나는 이런 나의 분위기가 좋다. 나만 좋으면 되지? 안 그런가? 하는 말을 툭 뱉어 본다.

　　30대 중반이 넘어가면서 나는 나이를 생각하지 않았다. 생각하기 싫었는지도 모른다. 간혹 설문지나 모임에서 이삼십 대와 마흔을 가를 때 마음에서 섭섭함이 올라온다. 나만 그런가? 괜히 삼십 대 끝자락에 붙고 싶은 건 나이가 들어간다는 것이 싫다는 나의 마음이겠지. 그래서 누군가 나이를 물어보면 나이를 세기 싫어서 "몇 년생입니다"라고 이야기하곤 했다. 나는 그저 나의 삶을 사는 것일 뿐 숫자를 사는 게 아니니까.

가끔 대학교 때의 추억을 생각한다. 선배들과 술자리에서 "몇 살이에요?" 하면 "80년대생입니다." 이렇게 대답했다. 그러면 주위에서 탄성이 나왔다. 80년대생 귀요미들이 왔다고. 그렇게 귀여움을 받던 시절도 있었는데, 지금은 그저 왕언니거나 이모의 나이가 되었다. '흘러간 세월이 야속하구나.' 이렇게 생각을 하면서 풋풋했던 추억들을 곱씹어 본다.

사십쯤 되면 자기 인생 정도는 한 손으로 핸들을 돌리며 운전할 거로 생각하겠지만 아니다. 교통 법규 위반 딱지가 매일 도착한다. 빨간 경고장이 한가득이다. 내 삶은 어떻게 된 일인지 나이가 들수록 복잡해지는 것 같다. 고민이 늘어나고 결정 장애가 심해져서 그런 건가? 아니면 겁보가 되어 가서 그런가? 라는 생각을 해본다.

사실은 삶에서 브레이크와 액셀을 언제 밟아야 할지 모르겠다. 오늘은 알겠는데 내일은 모르겠다. 삶이란 정해진 출근길처럼 같은 길만 펼쳐지지 않으니 말이다. 내 삶이지만 속도를 맞추지 못해 무너질 때가 있다. 남들은 편히 가는데 나만 비포장도로라고 한탄을 하기도 한다. 다들 웃고 있는데 나는 아파죽을 것 같다.

그럴 때는 삶에도 교통 표지판이 있으면 좋겠다고 생각

했다. 도로는 교통 표지판 덕분에 정갈하고 깨끗하고 질서정연하니까. 그리고 앞에 가든 뒤에 가든 정지선의 빨간불이 들어오면 '일시 정지'한다. 그렇게 한번은 동일선에서 다시 출발할 수 있고, 숨도 고를 수 있다. 그렇게 인생 조절 장치가 한 번씩은 작동해 주면 좋겠지만 그건 나의 바람이다.

또는 '이곳은 어린이 보호구역입니다. 시속 30km 이하로 천천히 다가와 주시기를 바랍니다. 해당 운전자는 마음의 상처가 너무 많아 보호가 필요합니다. 천천히 다가와 주세요.' 같은 표지판도 내 삶에 필요하다. 가끔 내 마음에 함부로 들어오는 사람들 때문에 나는 상처받는다. 아무리 오랜 시간을 살아도 상처받는다. 나는 그런 사람들 때문에 괜찮지 않다. 진짜다.

가끔은 삶을 유턴해 다시 살아보고 싶기도 하다. 다시 유턴한다고 실수하지 않을 거라는 보장은 없지만 그래도 한 번의 기회를 다시 가져보고 싶다. 내 삶은 많은 후회로 도배되어 있으니까.

그렇게 길을 잃거나 실수하는 나를 구해줄 교통 표지판은 없는 걸까? 인생에 위험을 피하는 지도책이라도 말이다. 나는 오늘도 처음이고, 이 나이를 사는 것도 처음이다. 내일도 처음이다. 삶에서 많은 사람들에게 지혜를 구하지만, 구하기만 할 뿐 내 삶에 적용하기에는 너무 먼 당신 같은 느낌이 들기도 한다. 열심히 산다고 사는데 가끔은 내 삶이 부인되는 것 같다는 생각이 들 때가 있다. 방향을 잃어 헤맬 때도 있다. 비교하고 싶지 않지만, 출발선이 다른 사람들을 보면서 어떻게 할 수 없는 것들에 좌절하기도 한다. 그러나 나는 살아가야 한다.

그래서 너무 지쳐올 때면 나는 모아놓은 '행복의 요소'들을 하나씩 꺼내먹는다. 나만의 행복의 요소란 소소한 일상의 행복들을 말한다. 어린 시절에는 그런 것들을 잘 몰랐지만, 나이가 들어가면서 나는 일상에서 주는 행복들을 아주 섬세하게 느끼려고 한다. 좋은 날씨, 맛있는 음식들, 누군가의 친절한 웃음, 친구와의 커피 한 잔의 여유 같은 것들 말이다. 그리고 마음에 저장한다.

그런 작고 소중함을 모으며 살아가는 사람이 바로 나다. 나에게는 봄도 있지만 매서운 겨울도 있다. 그 겨울을 나기 위해선 다람쥐가 겨울철 먹이를 모으듯 나도 삶의 행복을 비축해야 한다. 어느 날 내 삶에 힘듦이 몰아칠 때면 나는 저 깊이 묻어둔 소중한 기억과 추억 그리고 사랑을 양분 삼아 꺼내먹어야 한다. 그래야 견뎌낼 수 있다.

나는 나를 책임져야 한다. 나 자신은 AS 불가 및 반품 불가라는 방침이 있다. 모든 물건에는 매뉴얼이 있고, 도로에

185

는 교통 표지판이 있다. 그런데 삶에는 정해진 매뉴얼이 없다. 그래서 선택과 책임이 따르고, 때로는 그 책임이 너무 힘들다. 그래도 어쩌겠는가? 나는 이 세상에 태어났다. 그리고 존재한다. 온통 엉망이기도 하지만 어쩌겠는가? 엉망이지만 엉망으로 해놓고도 가끔은 웃고 있는 내가 귀여워서 데리고 산다.

나는 야구선수 요기 베라Yogi Berra의 '끝날 때까지 끝난 게 아니다It ain't over till it's over.'라는 말을 좋아한다. 정말 끝날 때까지 끝난 게 아니라는 희망을 품고 싶은 사람이기 때문이다. 세상에 가끔 불평을 쏟아내긴 하지만 그래도 희망을 놓고 싶지는 않다. 나는 깨발랄한 요소를 가진 사람이기에 나의 그런 긍성의 에너지를 잘 간직하고 싶다. 내 삶의 교통 표지판도 내가 한없는 좌절 속에 헤맬 때 빨간색, 초록색 불을 켜주면 좋겠다. 그러면 그 신호를 보고 "그래, 아직 안 끝났지. 해보자." 이렇게 생각할 수 있게 말이다.

아직 부모가
되어 보지 못했지만

주말은 사람이 많으니까 아침 일찍 서둘러 전시회를 보러 갔다. 마침 전시장 아래 유명한 커피숍이 생겨서 한번 들러볼 참이었다. 커피를 주문하고 노트북을 켰다. 그런데 내 옆자리에 부부로 보이는 사람들이 아주 열심히 무언가를 하고 있었다. 자세히 보려고 한 건 아니지만 커피를 가지고 오면서 시선이 자연스레 그들에게 흘렀다. 아내가 임신했고, 부부는 아기 수첩에 초음파 사진을 붙이고 있었다. 부부가 얼마나 조심스럽고 정성스럽게 그 일을 하고 있었는지 모른다. 초음파 사진을 아이보듯이 하나하나 자르면서 입가에는 미소를 짓고 있었다. 그것이 부모 마음일까 했다.

나는 결혼에 대해 생각해 본 적은 있어도 어떤 부모가

187

되어야겠다고 생각해 본 적은 없었다. 너무 먼 미래의 일 같아서 말이다. 그 부부를 보다가 나는 어떤 부모가 되고 싶을까 생각해 봤다. 그러다 갑자기 미래의 나의 아이에게 하고 싶은 말이 생각났다. "엄마가 나이가 많아서 미안해. 그래도 너를 만나기 전까지 젊음을 유지하기 위해 열심히 운동을 해 볼게. 이쁜 엄마가 되고 싶으니까. 나도 너를 빨리 만나고 싶었지만, 인생에서는 마음대로 안 되는 것이 있거든. 그래도 엄마가 이 나이를 살아오면서 알게 된 작은 지혜는 너에게 줄 수 있을 것 같아. 네가 그 지혜를 먹고 무럭무럭 자라 너의 세상을 펼치기를 바라. 그리고 언제나 엄마가 있다는 것을 기억하렴. 그리고 세상은 너에게 상처를 줄 거야. 그렇지만 다시 일어나서 도전하렴. 도전할 힘이 없으면 괜찮아, 엄마가 맛있게 밥해 줄 테니까. 그거 먹고 잠시 쉬었다가 다시 하면 돼." 음~ 이렇게 말할 수 있을지는 모르겠다. 아들이 태어나면 엄마도 같이 장군이 된다는데 장군이 되어 여기저기서 소리치고 있을지도 모르니까.

밥이란 말이 나와서 생각나는 것이 있다. 우리 엄마는 동생과 내가 집에 가면 항상 하는 말이 있다. "밥 먹어." 어릴 때는 왜 계속 밥을 먹으라고 하는지 이해할 수 없었다. 그러나 이제는 알 것 같다. 밥은 엄마의 사랑이다. 우리 엄마처럼 나도 아마 나의 아이에게 그렇게 말할 것 같다. "밥 먹어." 아마 그 아이도 나처럼 나이가 들면 이해할 수 있겠지. 그 말의 깊은 의미를. 내가 부모가 된다고 해도 부모님의 마음을 다 이해할 수는 없을 것 같다. 내리사랑이라고 했다. 아마 나는 평생을 일지 못할 거라는 생각에 한 표 던져본다.

예전 일이 생각났다. 약 20년 전쯤 아빠가 거울을 보면서 "할아버지가 20대 때 돌아가셨거든. 할아버지가 내 나이쯤 되면 이런 얼굴이었을까?" 이렇게 웃는 듯 우는 듯 말씀하셨다. 철없던 나는 그 말을 스쳐 지나갔다. 그러나 이제는 알것 같다 그 말에 얼마나 많은 그리움이 있었는지 말이다. 얼마나 보고 싶었을까? 나도 아빠가 너무 보고 싶으니까. 정확히는 모르겠지만 나중에 세월이 흐르면 우리 동생도 한 번쯤은 거울을 보면서 그런 생각을 하지 않을까? '우리 아빠도 내 나이쯤 되면 이런 얼굴이었을까' 하고 말이다.

누군가에게는 너무나 당연한 일이 누군가에게는 기적이 일어나야 만날 수 있는 일이 있다. 세상은 원래 불공평하다. 내가 불평한다고 돌이킬 수 없다는 것을 알지만 오늘은 불공평하다고 말하고 싶다. 모든 일에는 뜻이 있다는데 아빠의 죽음이 나에게 어떤 뜻을 주는지는 잘 모르겠다. 그저 아빠가 아주 많이 그립다는 것 말고는… 아마도 앞으로 10년쯤 후에는 알 수도 있겠지? 라고 생각해 본다.

아이를 키운다는 건 나의 마지막 남은 모든 것까지 주어야 하는 게 아닐까? 라는 짐작은 해본다. 나는 아직 부모가 되어 보지 못해서 이해할 수는 없다. 그러나 주변 나의 친구들을 보면서 조금은 이해할 수 있을 것 같았다. 그녀들이 "나는 너를 키우면서 나의 이름을 잊어버리고 엄마라는 새로운 이름을 받았지. 때로는 그 이름이 너무 버거워서 네가 잠든 밤에 눈물을 흘리기도 했어. 그러나 너는 내가 너무 사랑하는 나의 모든 것이니 그것만으로 엄마는 행복하단다. 힘을 내 볼게"라고 말하는 것 같았다. 부모가 되기는커녕 결혼도 못한 내가 이런 글을 쓰는 게 맞는 건가? 하는 생각을 하고 있을 때 커피숍의 에어컨이 시원하다 못해 추워지기 시작했다.

가방을 싸서 밖으로 나오려는 찰나 옆에서 아이와 아빠의 대화가 내 귀에 들렸다. 아빠가 자격증 공부를 하고 있었고, 아이는 아빠가 푼 문제를 채점하고 있었다. 아이가 "아빠, 4개나 틀렸어"라고 말하니 "안 되는데, 3개만 틀려야 하는데" 하며 다음 장을 넘기더니, 이번에는 잘 풀 자신이 있다는 말을 하면서 열심히 문제를 풀었다. 그 말을 듣던 딸은 "내가 이번에 다 맞으면 도장도 찍어 주고 뽀뽀도 해줄게"라고 아빠에게 이야기한다. 그런 아이를 보면서 나도 같이 웃고 있었다. "공주님, 너무 이쁘다. 우리 공주님 말이 이모도 행복하게 하네. 나중에 이모도 딸이 생기면 이렇게 해볼게. 고마워."

아직 부모가 되어 보지 못해 잘은 모르겠지만 아이가 주는 행복, 부모가 되는 행복 그리고 부모가 되기 위해 짊어지는 무게 그 모든 것이 혼합된 알 수 없는 신기한 가족이란 그림을 나도 그려보고 싶다는 생각을 살포시 해본다. 그러면서 나의 한마디를 하늘에 쏘아본다.

"여보, 어디 있어요?"

5장

불확실한 시간을 통과하며
귀국하는 마음

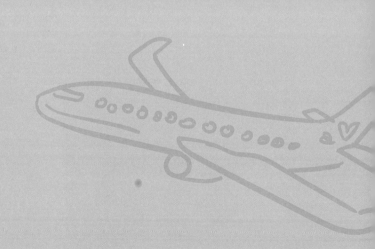

도망갈 때를
아는 감각

나이가 들수록 눈치가 생긴다. 눈치가 생긴다는 건 스스로 도망갈 때를 아는 감각이 생기는 거라고 생각한다. 정확히 말하면 물러설 때와 나설 때를 감별하는 신체 감각이 생겼다는 말이 더 맞는 표현일 수 있겠다. 나이가 들수록 눈치가 생기는데, 그 눈치라는 것은 그냥 생기는 게 아니다. 각자의 삶에서 눈치를 온몸으로 체득하기 위한 험난한 과정이 있었으리라. 혼이 나기도 하고 숨죽여 울기도 하고 밤을 새워 일하기도 한다. 신세 한탄했다가 눈치 없다고 구박도 받으면서 차곡차곡 생긴 내공이 '도망의 감각'이 아닐까? 라고 생각한다.

세상에 그저 생기는 것이 있으랴? 맷집도 맞아본 사람이 생기는 거다. 이 나이쯤 되면 그런 감각들은 각자의 스타일

대로 장착하고 생활하고 있지 않을까? 사십이 되는 동안 알게 된 사실은 세상은 생각보다 친절하지 않다는 것과 세상의 기분은 자기 마음대로라는 거다. 그러한 세상을 사는 우리는 자기 나름대로 살아남는 법을 배웠으리라 본다. 다들 자기 고유의 창과 방패를 가지고 치열한 전투를 벌이고 집으로 돌아간다. 그렇게 무사히 하루를 보내면 우리에게는 내일이 온다. 내일은 평온할까? 그건 아무도 모르는 일이다.

좋은 일이든 나쁜 일이든 삶에서 일어나는 것들을 대할 때는 시간이 필요하다. 그런 과정을 거쳐 삶이 영글어진다. 대자연도 사계절이란 자기만의 시간을 다소곳이 기다리는데, 나란 인간은 어찌 이다지도 참을성이 없는 걸까? 일단 내 성격이 급한 것은 인정한다. 그래도 '빨리빨리'란 말을 삶 속에 자주 던지며 항의한다. 좋은 것은 좋으니까 "빨리 와주세요, 현기증 나요", 나쁜 것은 생각하기도 싫으니까 "빨리 가주세요, 저 바빠요"라며 난리법석이다. 사실 좋은 일이든 나쁜 일이든 나를 갈증 나게 하는 건 사실이다. 한쪽 문이 닫히면 다른 쪽 문이 열린다고 했다. 그런데 나는 이상하게 그 말이 크게 와닿지 않았다. 그런 적도 있었지만, 다른 쪽 문이 열리는 시간을 기다리다 지쳤던 순간들이 더 많았던 것 같다. 이제 와 생각해 보면 나는 상처를 견디는 시간들이 너무 힘들었다.

마치 환승 이별을 바랐는지도 모른다. 상처를 느끼기 전에 다른 것들로 덮어버리고 싶었다. 그러나 삶에서 환승 이별은 없었다. 기다려야 했다. 다른 문이 열리는 기다림의 시간은 너무 힘들었다. 그래서 무조건 '빨리'라고 했다. 나는 지금 너무 아프다. 어차피 다른 쪽 문이 열리는 거라면 굳이 상처를 느낄 필요가 있을까? 라는 생각도 했다.

그래도 사십쯤 되면 불평을 하더라도 시간의 변화를 기다려야 한다는 것은 받아들인다. 어차피 나만 '파닥파닥'거리고 있을 테니까. 눈치가 있다는 건 타이밍을 잘 안다는 거다. 머리로 아는 것일 수도 있겠지만, 모든 감각은 머리가 아닌 마음과 몸에서 일어나는 것 같다. 이해할 수 없는, 설명할 수 없는 싸한 기운이 감돌면 일단 '치고 빠지기'를 통해 위험에서 벗어나 본다. 늘 내 감각이 맞다고는 할 수 없지만 맞는 부분도 있으니까.

도망갈 때를 아는 감각은 내게 무척이나 중요하다. 이제는 모든 삶의 바람을 온몸으로 맞지 말라고 나의 과거가 이야기한다. 요령을 피우면서 살아도 된다고 말이다. 적당한 삶의 요령은 너의 삶을 쾌적하게 만들어 줄 거라고 말하는 것 같았다. 마치 "로봇 청소기와 건조기 그리고 식기세척기를 들여 도움받고 적당히 쉬기도 해"라며 인생의 팁을 주는 것 같았다.

'도망'이란 말을 생각하다가 "살다가 엄청난 두려움이 엄습해서 다리가 덜덜거릴 수 있잖아. 덜덜거리다가 도망칠 때를 놓쳐버리면 어떻게 해?"라고 나에게 물었다. 나는 이렇게 답했다. "늦더라도 도망가면 되지. 너 기억 안 나? 학창 시절에 체력장 특급이었잖아. 그 실력 아직 안 죽었을 거야. 그런데 체력장과 두려움이 무슨 상관이냐고? 체력은 국력이야. 알지? 체력이 있어야 마음의 변화도 버텨 낼 수 있는 거거든. 요가를 하면 마음이 이완되고, 몸에 근력을 키우면 체력이 올라가는 거야. 알겠지? 도망치기에 늦었더라도 빨리 알아차릴 수 있는 감각, 그게 다 체력에서 나오는 거야. 그러니까 너는 빨리 도망갈 수 있어. 기본 운동신경이 있으니까. 그리고 도망친다는 게 꼭 나쁜 건 아니야. 그건 힘들면 잠시 피해도 된다는 뜻이기도 하니까. 그런다고 아무 일도 안 일어나. 우리 너무 심각하지 말자, 알겠지? 기억해? 넌 운동회 때 계주 마지막 선수였어. 그 자부심 놓치지 마. 넌 할 수 있어. 아~ 예전의 몸이 아닌가?"

이제 소금 한 꼬집 정도는
알 것 같아

삶에서 보기 싫은 사람은 피해버리면 된다. 그러나 삶이 주는 것은 벗어날 수 없다. 그건 온전히 나의 몫이다. 누가 대신 해결해 줄 수 없다는 것을 잘 아는 나이가 되었다. 인생의 다양한 계절에서 오는 감정들도 너무 오래 붙잡지 않아야 한다는 것을 배워간다. 슬픔이 내게 머무는 시간도 허용하고, 기쁨도 너무 오래 잡고 있지 않게 된다. 어차피 모든 것은 순리에 따라 돌고 도는 거니까.

완벽해 보이는 인간이 어디 있을까? 잠옷을 입고 침대에 누우면 모두 다 무방비 상태의 자기를 보게 된다. 부서지고 상처 입은 자기를 보는 시간이 침대 위의 시간이라고 생각한다. 밤의 고독은 특히 길다. 때로는 그 고요가 좋기도 하지만 고독의 마법에 걸려들면 가끔 잔인할 정도로 외롭다. 방법은 버텨내는 것뿐이다. 누구나 다 밤의 시간을 버텨낸다. 그리고 아무 일도 없는 듯 아침을 맞이한다. 우리는 삶이 주는 선물을 선택할 재간이 없다. 그저 어떤 것을 주실지 모르겠으나 일단 "알겠습니다" 할 뿐이다. 거부권 따위는 없다. 내 인생이지만 그렇다.

우리는 타인의 밝음과 나의 어둠을 비교하며 나만 피해자인 것 같은 생각에 사로잡힌다. 그리고 우리 모두 힘든 시간이 있다는 것을 종종 잊어버린다. 그러나 이 나이쯤 되면 소금 한 꼬집 정도는 안다. 고통도 지나간다. 기쁨도 지나간다. 깨방정의 나이도 지나간다. 우리는 지나가는 것들의 중심에서 "안녕" 하고 인사할 뿐이라는 것을 말이다.

나이가 들수록 좋은 점은 그러한 이치를 잘 잊어버리더라도 빠르게 알아채는 지혜가 좀 생겼다는 거다. 그리고 타인에 대한 이해도가 조금은 생겼다고 할까. 물론 이해도가 조금 생겼을 뿐이지 모든 것을 이해하는 나이는 오지 않았기에 어떤 일에는 아직 분노한다. 그러나 분노의 시간은 짧다. 분노할수록 주름만 느는 것 같고, 상황은 변화되지 않는다는 것을 알기 때문이다. 무엇보다도 나는 아직 미혼 아닌가? 그러니 주름은 사절하고 싶다. 아마 얼굴의 주름은 피했더라도 마음의 주름은 생겼을 거다. 인생이란 녀석을 하도 참아내고 있어서. 누구라도 다 그렇겠지만…

모든 일에 소금 한 꼬집 정도 안다는 건 얼마나 대단한 일인가 생각한다. 한 꼬집이 작다고 무시하면 안 된다. 인생은 원래 간발의 차로 모든 것이 결정되지 않나? 그런 의미라면 인생을 살수록 생기는 한 꼬집, 두 꼬집의 지혜는 나에게는 엄청난 힘이다.

조앤디디온의 『내 말의 의미』라는 책을 보면 글을 쓰는 이유를 "내가 무슨 생각을 하는지, 내 눈앞에 있는 것이 무엇인지, 내가 무엇을 보는지, 그 의미가 무엇인지를 알아내기 위해서입니다. 내가 무엇을 원하고, 무엇을 두려워하는지 알아내기 위해서이지요"라고 적어두었다.

나도 내 인생을 한 꼬집, 두 꼬집 알기 위해서 조앤디디온의 말처럼 글을 쓴다. 적으면 정리가 되고, 그 글을 보면서 나는 나를 본다. 물론 늦은 밤 메모지에 적어 놓은 글은 아침이 되면 지워버리기도 한다. 왜냐하면 밤이란 시간에 취해 극도의 오글거리는 감성이 적혀 있기 때문이다. 그래도 되도록 나는 일상을 기록하려고 노력한다.

사실 나는 모든 삶은 기록된다고 생각하는 사람이다. 흰 종이에 검은 글씨든 마음속에 새겨지든 말이다. 글은 종이에 기록되어 있지만, 사람들로부터 받은 사랑은 내 마음에 기록되어 있다. 그래서 어른이 되고 고달픈 시간이 오면 기록된

자료를 찾아 힘을 낸다. 나는 그렇다. 그런 종이의 기록과 마음의 기록이 나에게 차곡차곡 쌓여 나를 지탱하게 하는 힘을 내게 한다.

나는 나란 사람을 잘 읽고 쓰고 싶다. 그리고 최선을 다해 나란 사람을 사랑하고 싶다. 내 생의 마지막 날 나 스스로에 대한 미련이 없도록 말이다. 그러기 위해서 나는 오늘도 소금 한 꼬집씩 성장하기 위해 노력해 본다. 물론 너무 심각하지 않도록 깨발랄함은 장착한 채 말이다. 심각하면 표정만 일그러져 팔자 주름만 생길 뿐이란 걸 너무 잘 아는 나이가 되었으니까.

평범하지만 매번 최선을 다했어

나름대로 열심히 살았다. 매번이라고는 할 수 없지만 나에게 주어진 역할에 맞춰서 내가 해야 하는 일들을 열심히 했다. 내 이름이 아닌 나에게 주어지는 수식어에 최선을 다하려 했다. 그 최선이란 엄청난 업적을 내는 게 아니라 하루를 무사히 보낸 최선을 말한다. 그렇게 달리고 달리며 살았다. 그러던 어느 날 나란 사람을 돌아보니 별것 없어 보였다. 나의 하루의 노력은 아무것도 아닌 날들이 되고, 내 손에는 나이만 있는 것처럼 느껴질 때가 있었다.

"나는 대체 무엇을 하면서 살았을까? 유명한 사람이 되어 있는 것도 아니고, 내세울 것도 없네. 그저 보통의 삶에서 보통 사람으로 살아가고 있는 나는 열심히 살지 않은 걸까?"

라는 의문을 종종 던졌다. 보통의 삶을 "열심히 살았다"라고 말하는 사람은 많지 않았다. 사실 그 말을 듣는 나도 어색했다. 들어보지 못한 말이었으니까. 더 노력해야 한다고 외치거나 더 나아가기 위해 할 수 있다는 응원의 말은 많이 들었다. 그러나 그 말은 힘이 되지 않을 때가 많았다. 힘이 된다기보다 가끔은 채찍 같았다.

나도 남들처럼 이것저것 해봤지만 성과가 나오지 않았다. 그럴 때마다 버티는 놈이 승리한다는데, 그 버팀이 언제까지인지 모르겠다고 생각했다. 열심히만 하는 보통 사람이 나다. 이 말은 너무 이상한 말이지만 나는 그랬다. 열심히 하면 뭔가 이뤄낸 성과가 있어야 하는데, 이뤄낸 것이 없다면 나의 열심히는 어디로 간 걸까? 라고 생각했다.

누군가는 그랬다. "너만큼 남들도 해. 그것보다 더 해야 하는 거야." 그 말을 듣고 "아~ 나는 역시 보통의 노력만을 하고 사는 사람인가?" 생각하며 고개를 숙이게 되었다. 그리고 가끔은 "이 이상은 더 이상 못 하겠는데"라고 생각할 정도로 노력도 했다. 그러나 보여줄 결과가 없으니 나도 할 말이 없었다. 남이 아니라 나 자신에게도 미안해졌다. 남들은 다 성장하고 멋지게 사는 것 같은데, 나는 작년이나 재작년이나 제자리에서 발버둥 치는 것 같았다. 이런 식으로 간다면 나의 미래는 보이지 않을 것 같았다.

동기부여 영상을 볼 때는 불끈 주먹을 쥐어 보지만 영상이 닫히면 내 주먹은 스르르 풀렸다. 아기 때 하던 '잼잼'을 지금 다시 배우듯 매일 주먹을 쥐고 펴는 것을 반복했다. 그렇게 '나는 의지가 박약한 인간인가?'를 곱씹으며 자신을 못난 사람으로 몰고 갔다. 노력을 안 한 건 아닌데 나는 어디에 있는 걸까? 왜 맨날 나는 인생에서 쭈그리고 있는 걸까? 아무리 생각해도 잘 모르겠다. 내 인생에 남은 거라고는 "나도 그거 해봤어"라는 말이나 "나도 알아"라는 습자지 지식만 있는 것 같았다. '아는척하면 뭐 하나? 해봤으면 뭐 하나? 아무 의미 없는 것인데'라는 자괴감에 자주 빠졌다.

그러던 어느 날 우리 회사에서 몇십 년을 재직한 분이 회사를 나가게 되었다. 나와 친분이 있었기에 퇴사하기 전 우리는 함께 밥을 먹게 되었다. 그때 그분이 나에게 "내 청춘이 이곳에 다 있어. 지금 돌아보니 남는 게 없는 것 같아. 한눈 안 팔고 열심히 했는데 말이야. 정말 열심히 살았는데. 돈을 많이 모은 것도 아니야. 딴짓도 안 하고 애들 키우고 먹고 살았거든, 그런데 쉽지 않네. 그리고 지금 나가서 내가 또 무엇을 해야 하나 생각하니 그것도 서글프다"라고 말씀하셨다.

그 말을 들었을 때 나는 마음이 무너지는 것 같았다. 맞는 말이었으니까. 한 사람이 이십 대에 회사에 들어와서 자신의 열정과 젊음을 다 태워 그곳을 지켰다. 그의 나이는 이제 그곳을 떠나야 한다고 했다. 그는 그 어떤 반항도 할 수 없었다. 그건 정해진 일이었으니까. 몇십 년간의 자신의 모든 것이 A4 박스 하나에 담긴다는 게 서글퍼 보였다. 아마 우리 모두 그러지 않을까? 성공한 회사의 중역이든 일반 회사의 직원이든 나의 몇십 년을 두고 다시 세상으로 나올 때의 마음 말이다. 어쩌면 나의 몇십 년을 담을 수 있는 상자가 없어 그 자리에 두고 오는 건지도 모르겠다. 이제는 젊은 시절의 패기도, 중년의 노련함도 다 지나갔다. 지긋한 나이의 그분은 또 무엇을 할 수 있을까를 고민하고 있다. 자식들은 아직 도움이 필요하고, 인생은 길어졌다. 먹고 살아갈 날도 아직은 많이 남았으니까. 그 한숨 소리가 귓가에서 맴돈다. 인생, 참 서글프다!

그분의 마음이 우리 시대를 사는 부모님이나 선배님들의 모습들이 아닐까? 이제 나도 조금은 공감되는 나이가 되었고 말이다. 그분을 보면서 생각했다. 우리 모두 평범한 하루를 보냈다고 최선을 다하지 않은 건 아니라고. 세상이 평온히 돌아가는 것은 보통의 사람들이 묵묵히 자기 일을 하고 있기 때문이라고 생각한다. 오늘이 지나고 자연스럽게 내일이 오고 또 다음날의 일상이 무사히 시작되는 건 우리가 모두 각자의 자리에서 최선을 다하고 있는 것이 아닐까? 라는 생각을 했다.

어떤 일을 잘하고 못하고를 떠나, 성공과 실패를 벗어나서 보통의 하루를 살아내고 있는 우리 모두에게 "당신이 오늘이란 시간을 살아주심에 대단한 감사를 보내드립니다"라고 말하고 싶다. 그리고 "당신의 오늘이 있기에 저의 오늘도 있다는 것을 알게 되는 날이 오는 것을 보니 저도 이제 철이 드나 봅니다"라는 말도 함께 말이다. 우리는 얼굴도 모르는 서로의 평안함을 지켜주는 좋은 사람들이니까. 오늘은 스스로 자부심을 가져 보자고 약간의 용기를 내본다. 그리고 나 자신에게 하고 싶은 말이 생각나서 글로 적어 내려갔다. 위로의 말을 스스로에게 하기에 약간 간지럽지만 말이다.

"나는 좌충우돌했다. 매번 길을 잃었다. 늘 두려웠다. 파도를 타야 하는데 가끔 역류해서 아팠다. 외로웠다. 혼자 감당하는 일이 많았다. 자주 흔들렸다. 그러나 나는 치열하게 살았다. 열심히 했다. 넘어졌지만 눈물을 닦고 다시 일어나서 달렸다. 그렇게 살았다. 이제 여기에 서서 나를 물끄러미 바라본다. 그리고 나를 안아본다. '잘 살아줘서 고마워. 진심이야. 나의 인사가 너에게 너무 늦은 것이 아니길 바라. 그런데 내가 너무 늦게 온 건 아니지? 미안해. 나도 좀 고달팠어.'"

마흔도 가끔
꾀병 나고 싶어

타인으로 인해 생겨난 상처는 대부분 순식간에 덮쳐왔고, 모진 말들은 나의 자존심을 무너뜨리기도 했다. 그들은 짧은 시간에 나를 스치듯 지나갔지만, 나는 그 상처들을 부여잡고 아주 오랜 시간을 살았다. 어느 날 남이 나를 괴롭히는 것이 아니라, 나 스스로가 괴롭히고 있다는 것을 알게 되었다. 어떻게 알았냐면 상처를 준 사람을 우연히 만나게 된 날이 있었다. 그 사람은 나를 만나자 해맑게 인사했다. 그는 웃고 있었지만, 나는 표정을 숨길 수 없었다. 나는 아주 오랜 시간을 그 사람 생각에 속이 '부글부글'했었으니까. 그런데 그 사람은 자기가 한 말을 기억하지 못하는 것 같았다. 그래서 알았다. 나 혼자 나를 괴롭히고 있었다는 것을. "나는 밴댕이 소갈딱지라서 그런지 아직 그 상처를 놓지 못하고 있어. 나는 네가 한 말 내가 한 말 다 기억해. 나는 너 때문에 상처받았어. 넌 기억도 못 하지만." 이렇게 그 사람과 헤어진 후 중얼거렸다.

대체로 생각의 꼬리 물기는 부정일 경우가 많았다. 언제나 내 생각의 끝은 '자기 상처 내기'를 화려하게 하는 것으로 마무리되었다. 특히 짙은 밤이 오면 자기 상처 내기는 쉴 없이 시작되었다. 상처를 내려는 생각들로 귀가 아플 지경이지만 상처 내기의 수다는 멈추지 않았다. 피할 수도 없고, 빠져나갈 수도 없었다. 멈추는 방법을 그때도 몰랐고, 이 글을 쓰는 지금도 모른다. 양희은 선생님의 "그럴 수 있어"를 종종 외쳐본다. 어떤 날은 '그럴 수 있지'로 넘겨도, 어떤 날은 '왜?'라는 의문문을 계속 내 인생에 던진다. 그럴 수 있고 싶다. 정말. 남을 위해서가 아니라 나를 위해서.

이제는 나 혼자 곱씹고 싶지 않았다. 씹는다고 고소하지도 않다. 쓰라리고 괴롭다. 그 상처들은 화장으로도 가려지지 않았다. 아무리 좋은 화장품과 옷을 사 입으면 뭐 하나? 마음이 무너져 내리고 있는데 말이다. 마음의 근력운동이 필요했다. 중력의 법칙을 조금이라도 거슬릴 수 있는 건 운동이라고 생각하니까 말이다. 마음 운동의 가장 첫 번째는 나를 보는 일이었다. 그리고 인정하는 거였다. 내가 아프다는 것을,

그리고 상처받았다는 것을 말이다. 나는 괜찮지 않다. 늘 괜찮지 않았다. "너희들 다 미워. 왜 상처 줘. 내가 뭘 잘못했는데"라고도 혼자 말해본다. 이제껏 이런 말도 하지 못한 채 덮기만 했다. 다 이해하는 사람인 척, 괜찮은 사람인 척 하는 것이 어른이고 멋진 사람이라고 생각했다. 아마도 나는 오랜 시간 '괜찮아요 병'에 걸린 것 같았다.

나도 아프다. 진짜 아프기도 하지만 가끔은 꾀병도 부리고 싶다. 피하거나 하기 싫어서가 아니다. 나도 위로받고 싶은 순간들이 있으니까. 어떻게 나라고 계속 괜찮을 수가 있고, 평온할 수가 있을까? 그건 인생의 모든 것을 득도한 사람들이나 가능하지 않을까? 그러나 나는 여전히 분노하고 슬프고 소심하고 두려움이 가득한, 마음의 소용돌이가 자주 일어나는 사람이다.

나의 '괜찮아요 병'을 가장 잘 말할 수 있는 사건이 얼마 전에 일어났다. 혼자 헬스를 하다가 오랜만에 PT를 받기로 했다. 선생님과의 파이팅 넘치는 세 번째 수업에 이 일이 일어났다. 선생님께서 갑자기 "회원님, 힘드신 거 맞죠?"라고 물으셨다. "네! 선생님, 저 지금 너무 힘들어요"라고 답하자 "아니, 회원님은 표정 변화가 없어요. 정말 힘드세요? 제가 벌써 세 번째 뵈었는데 항상 한결같은 표정이세요. 제가 좀 당황스러워서요"라고 다시 물으셨다. "선생님, 무슨 소리세요? 저 지금 굉장히 힘든 상태라고 할 수 있습니다. 안 느껴지세요, 저의 근육의 떨림이? 딱 보면 보이시죠?"라고 했더니 "아니요. 회원님, 전혀요. 미동조차 없으세요"라며 나를 쳐다보는 선생님의 표정에 큰소리로 웃고 말았다. "선생님, 저는 로봇이 아닙니다. 혹시 그런 생각을 하셨다면 넣어두세요. 지금 굉장히 힘든 상태예요"라고 말하며 헬스장이 떠나가라 우리는 웃었다.

왜 내가 로봇 같은 표정일까? 생각해 봤는데 정확한 이유를 찾을 수는 없었다. 단지 운동도 일처럼 해서 그런가? 내가 반드시 너를 해내고 말겠다는 마음이나 오늘의 할당량을 채워야 한다는 마음인가 싶기도 하고, 아니면 힘들다는 감정을 드러내는 게 익숙하지 않아서일 수도 있다. 늘 "괜찮아… 나는 괜찮아… 이 정도는 할 수 있고 견딜 수 있어"라는 말만 하기 바빠서, 이제는 힘들어 죽겠는데도 괜찮다고 말할 수밖에 없는 사람이 되어 버린 것 같았다. 어제는 괜찮았는데 오늘 힘들다면 내가 이상한 사람처럼 보일 것 같기도 하고 말이다. 오랜 시간 "괜찮아요"라고 외치는 병 때문에 나는 힘들다는 말을 입 밖으로 내뱉는 걸 잊어버린 사람 같았다. PT가 끝나고 선생님께 인사하면서 "선생님, 오늘도 수고하셨습니다. 로봇은 물러갑니다"라고 이야기했다. 근력운동을 마치고 덤덤히 천국의 계단을 타러 갔다. 선생님께 그 말을 들은 후 거울 앞에서 덤벨을 들고 운동하다가 혼자서 웃음을 지었다. 운동 중 정말 표정에 미동도 없는 내가 있었다.

그런 나에게 "너 참 웃긴다. 진짜 로봇 같아 보이긴 해. 너는 남에게 하는 위로는 선수급이야. 그런데 네가 누군가로부터 위로를 받거나 아프다고 말하는 건 너무 서툴러. 그런 모습은 가끔 로봇 같아. 감정을 숨기는 것 말이야. 그리고 '괜찮아요 병' 이제 졸업하자. 제발! 다 잘할 수는 없잖아. 힘들면 힘들다고 해. 세상이 무너지니? 이 바보야"라고 이야기해줬다. 그러다 혹시 나를 사랑하는 누군가가 나를 본다면 이렇게 봐주면 좋겠다는 마음이 들었다.

"여러분, 가끔 제 얼굴이 생글생글 웃고 있더라도 제가 아프다고 하면 안아주실 수 있나요? 아프다고 말할 때 멀쩡해 보여도 저는 아픈 거랍니다. 제가 좀 어색해서 그래요. 마흔쯤 되면 모든 것이 능수능란한 줄 알았는데 '꽝'입니다. 모든 것이 말이죠. 괜찮은 척하느라 아주 힘들어 죽겠어요. 그러니까 제가 로봇 같은 표정을 지어도 괜찮은지 한 번씩 물어봐 주세요. 혹시 알아요? 그렇게 마음을 주고받다 보면 저도 로봇에서 자연스러운 미소가 장착된 인간으로 변할지?"

그냥 파리니까.
이유는 없어!

〈미드나잇 파리〉라는 영화의 마지막 장면이 기억난다. 두 남녀가 이야기하는 중에 비가 왔다. 그러자 여자가 말했다. "사실 파리는 비가 올 때 제일 이뻐요." 그리고 그 말과 함께 사랑이 시작되는 듯한 두 남녀의 뒷모습이 보였다. 비가 오는 밤, 가로등 불빛 그리고 음악까지… 나는 그 장면을 참 좋아한다. 그 장면을 보고 있자면 나도 사랑에 빠진 것 같으니까.

역시 나를 꿈꾸게 하고 사랑에 '퐁당퐁당' 빠지게 하는 장소는 파리다. 왜 좋냐고? 그렇게 묻는 순간, 무수히 많은 이유가 서로 자기를 뽑아달라고 나에게 손을 들고 속눈썹을 껌뻑이고 있다. 선택 장애가 있는 나는 심각한 고민 끝에 선택의 불가함을 선언한다. 그러면서 "그냥 파리니까. 이유는 없어!"라는 말을 내뱉는다. 사실 몇 가지 화려한 이유를 생각했지만 접어두었다. 이유가 없다는 것으로 결론을 내리고 싶다. 왜냐하면 나는 이미 파리와 사랑에 빠졌고, "사랑은 이유가 없는 거야"라는 말도 덧붙여 본다.

갑자기 파리에서 본 루브르박물관의 모나리자가 생각났다. 모나리자를 보기 위해 긴 줄을 섰다. 줄을 따라 나의 순서가 다가왔다. 설레고 얼굴에 기쁨이 차오르고 있었다. 그러나 나는 모나리자를 오랫동안 볼 수 없었다. 줄에 밀려서 다음 사람이 내 뒤를 바짝 따라오고 있었기 때문이었다. "어 모나리자다. 어… 어… 어… 지나갔네" 이런 느낌이라고나 할까? 역시 인기인을 독점하기란 여간 쉽지 않다는 것을 몸소 체험한 시간이었다. 그래도 좋았다. 이렇게 좋은 세상에 태어나서 거장들의 작품을 잘 정돈된 곳에서 볼 수 있다는 사실이 나를 행복하게 했다.

내가 전시회를 좋아하는 이유는 내 감성을 촉촉이 적셔주는 요소 중 하나라고 설명해 두고 싶다. 점점 말라서 뼈가 죽만 남아 가는 나의 감성에 잘 구성된 탄·단·지(탄수화물, 단백질, 지방)를 공급해 주는 아주 잘 짜인 식단 같은 거라면 설명이 될까? 나의 영혼은 촉촉해지고 싶은데 자주 앙상해져 간다. 나의 영혼은 허기를 채우기 위해 무언가를 요구한다.

그런데 나는 매번 그 허기짐에 맞는 답을 잘 찾아내지 못한다. 그래서 일단 무언가를 먹어준다. 입에 하나가 들어가면 마음이 조금은 안정되니까. 물론 내 영혼이 원하는 것은 음식이 아니란 것을 알지만, 나는 자라는 사십 대라 아직 미숙하니 어떻게 하나? 응급처치라도 해야지.

여행을 갔다 오는 날이면 그림을 배우고 싶다는 욕구가 솟아오른다. 사진도 좋지만 내 손으로 그림을 그려서 글과 함께 담아 오고 싶다는 생각을 한다. 그런데 내가 세상에서 특별히 못 하는 게 춤과 그림이다. 춤은… 사실 예전에 친구를 따라 방송 댄스를 배우러 간 적이 있었다. 소녀시대 노래에 맞춰서 춤을 췄다. 이 글을 쓰는 순간도 갑자기 얼굴이 화끈거린다. 20명 정도 되는 학생 중에 웨이브가 안되는 뻣뻣한 세 사람이 있었다, 그중 한 명이 나였다. 방송 댄스를 배우는 내내 거울에 비치는 나의 모습은 정말 보고 있기 힘들었다. 그 어색한 미소와 어디로 갈지 모르는 손과 발 그리고 그것을 지켜보는 나의 눈은 정말이지 다시 생각해도 민망함이 몰려온다. 다들 음악을 즐기면서 자신에게 취하고 있었지만, 나는 다른 의미로 취하고 싶었다. 정말 취하고 싶었다. 온전한 정신으로 바라본다는 건 쉽지 않았다. 나의 몸은 리듬과는 상관없이 자기 마음대로 허우적거리고 있었다. 남들은 흥이 올라 에너지가 발산되고 있는데, 나는 흥이 오르다가 가슴에 턱 막혀서 흥이 다시 가라앉았다. 춤과 함께하는 한 시간은 나에게 고역이었고, 친구에게는 행복이었다.

그리고 특별히 못 하는 다른 하나가 그림이다. 초등학생보다 못한 나의 그림 실력에 나도 놀라곤 한다. 어릴 때 미술학원 다녔는데 그 실력은 다 어디로 간 건지 모르겠다. 잘 그리고 싶은데 엉망이다. 그런 나에게 그림에 대한 욕구를 폭발시킨 사건이 있었다. 파리의 로댕 미술관에 갔을 때의 일이다. 사실 오르세나 루브르에 대한 환상은 있어도 로댕 미술관에 대한 기대감은 없었다. 아무런 기대감이 없어서였을까? "환상적이다. 사람이 어떻게 이런 조각을 만들 수가 있을까? 도대체 어떻게?"라는 생각에 입을 벌리면서 구경했다. 그런 내 모습이 웃겼는지 외국인 여자 한 분이 나를 보며 싱긋이 웃고 있었다.

그렇게 입이 다물어지지 않는 구경을 마치고 미술관의 정원으로 향하고 있었다. 내 발걸음을 사로잡은 '생각하는 로댕' 앞에 우두커니 서 있었다. 로댕 상 앞에는 벤치가 있었는데, 어디선가 성큼성큼 종이와 연필을 든 금발 머리의 여자가 벤치에 다리를 꼬고 앉는 거였다. 그러고는 바로 로댕 상을 스케치하는 거였다. 그 순간 "너무 멋지다"라고 생각했다. 사실 우리나라로 치면 유명한 장소에서 누군가가 그림을 그리는 장면일 뿐인 건데… 그러나 파리였고, 나는 이미 파리에 취해 있었고, 그 여자의 당당함에 반해버렸다. 그 순간 스케치북과 연필 구매에 대한 욕구가 피어올랐지만 참았다.

그렇게 한참을 로댕 미술관에 있었다. 나는 누군가가 파리에 간다고 하면 지금도 로댕 미술관을 꼭 가보라고 한다. 사람마다 취향이 다를 수 있겠지만 나에게는 아주 강렬한 기억의 하나로 숨 쉬고 있기 때문이다.

파리가 좋은 이유를 설명하자면 수도 없이 많지만 가끔은 진짜 너무 좋은 것에는 "그냥"이라고 한다. 좋은 이유를 하나만 꼽을 수 없기도 하고, 말로 설명할 수 없을 정도로 좋기 때문이다. 생각해 보면 "그냥 좋아!"라고 말하는 건 이유가 없다는 뜻인데, 이유가 없다는 건 사라질 것이 없기에 계속 좋다는 뜻이 되는 게 아닐까? 생각했다. 그러니 "그냥 좋아!"라는 말은 강력한 고백 중의 하나가 아닐까? 라고 주장하고 싶다. 이유가 없는, 그냥 좋다는 말은 영원의 말이라고 생각한다.

나는 파리에게 '이유 없음'이라고 불러본다. 그냥 나는 파리가 좋다. 그리고 그냥 이런 내가 좋다. 그냥 나의 걸음이 좋다. 이유를 애써 찾지 않아도 '그냥'이란 말을 붙여 본다. 그냥 지금이 좋다. 그냥이란 말을 쓰면서 행복할 수 있는 나의 감성이 좋다. 이 감성 쭉 가보자. 감성이 촉촉해지니까 오늘 밤은 와인 잔 하나를 꺼내야겠다. 물론 몇 잔 먹지도 못하고 취하겠지만, 괜찮다. 인생은 분위기 아닌가? 오늘 밤 내 얼굴은 불타도 나의 감성은 촉촉하리라. 그리고 언젠가는 파리에서 1년 살기를 하면서 글을 쓰고 싶다는 생각을 해본다. 왜냐고? "그냥 파리니까!"라고 말해본다.

마지막으로 〈에밀리 파리에 가다〉란 넷플릭스 드라마에 나오는 대사를 공유하고 싶다. "나머지 인생은 원하는 대로 재미없게 살아도 여기(파리) 있는 동안은 사랑하고 실수하고 난리를 피우고 떠나요." 삶의 어느 한순간은 이 대사처럼 당신도 나도 그런 순간이 오기를… 그리고 그 순간이 오면 반드시 미쳐보기를… 사랑이든 행복이든…

행복한 시선의
간섭

　자료조사를 위해 많은 양의 도서를 찾고 읽어야 하는 상황이었다. 일부 도서는 구매하더라도 모든 책을 다 살 수는 없으니 집 주변의 도서관을 검색하기 시작했다. 홍대 근처에 내가 원하는 도서를 다수 보유한 도서관이 있었다.

　20~30대가 여전히 사랑하는 '홍대.' 북적이는 사람들, 행복한 웃음, 자동차 소리, 외국인들의 캐리어 바퀴 소리까지도 하나의 그림 같이 잘 어우러져 있다. 마치 격렬하고 열정적인 오케스트라가 연주되는 곳이라는 생각이 들었다. 지금 내가 주말에 홍대로 간다는 것은 클라이맥스의 연주를 듣는 듯한 느낌이라 내 정신의 반 정도는 내어 줄 수 있는 용기가 있어야 한다고 생각했다. 많은 사람들 사이에서 나의 '기'가 빨려가고 있는 느낌이라고나 할까? 그러나 나는 책을 빌

려야 했고, 시간이 주말에만 나는 상황이었으니 어쩌겠는가? 바닥에 있는 힘까지 끌어올려 홍대로 진출하기로 했다.

　　나이가 들수록 번잡함보다는 한적함이 좋다. 그렇다고 내가 외곽의 어느 한적한 마을을 원하는 건 아니다. 나는 도시를 사랑하는 여자다. 도시이지만 사람들이 덜 붐비는 시간대를 사랑하는 여자다. 고민과 생각이 많아져서 그런가? 아니면 젊은이들의 에너지를 감당할 수 없는 체력인가? 하는 생각을 해봤지만 일단 번잡한 곳에 다녀오면 몸이 아픈 것 같았다. 정신없다는 말도 자주 했던 것 같다. 참 아이러니하지. 집 밖을 나가면서 조용하기를 바라는 건 너무 이상한 말이지만, 나는 내가 가는 커피숍이든 식당이든 내가 갈 때는 한적한 공기가 불어오기를 바란다. 그런 이상한 생각을 하는 사람이 나다. 세상은 원래 번잡한 데 나는 적당한 번잡을 바란다. 세상 제일 어려운 말은 '적당히'다. 나란 사람, 참 까탈스럽다.

　　그래도 오랜만에 홍대 거리를 걸으니 좋았다. 걸은 지 아직 10분이 안 되어 번잡함이 몸에 스며들기에는 부족한 시간이라서 그럴 수도 있다. 거리에는 각 나라의 사람들과 한국인이 섞여 여기가 한국인지 외국의 어느 곳인지 헷갈렸다. 도서관에서 책을 빌려서 홍대 젊은이의 거리를 걸어 집으로 향하고 있었다. 워낙 외국인이 많아서 그런지 일부 가게 점원들은 나에게 영어로 인사했다. 나는 아주 한국적인 외모를 가졌지만, 그들이 나에게 그렇게 인사하는 것이 기분이 좋았다. 여행을 온 것 같으니 말이다.

길을 걷다가 내가 좋아하는 츄러스를 파는 가게가 보였다. 좋아하기도 하지만 일단 설탕과 시나몬 그리고 밀가루가 단체로 나를 향해 웃고 있어서 도저히 지나칠 수 없었다. 얼마나 맛있게 먹었던지 옷 위에는 시나몬 가루가 은하수처럼 펼쳐져 있고, 입가에는 흰설탕을 한가득 묻히면서 돌아다니고 있었다. 내 얼굴과 옷이 가루 범벅인 걸 몰랐다. 달콤했고 적당한 기름이 입안에서 퍼지며 나를 행복으로 휘감았다. 나를 힐긋 보는 사람들의 시선이 있었지만, 그들은 나를 한국으로 놀러 온 동양의 어느 나라 사람 정도로 생각해 주는 것 같았다. 그런 시선이 기분 좋았다.

그러다 우연히 거울에 비친 나의 모습을 봤는데 얼굴이 엉망이었다. 순간적인 부끄러움이 올라왔지만 괜찮았다. 같은 시선인데도 이렇게 다를 수 있을까? 평소의 나라면 얼굴이 화끈거리고 남이 나를 어떻게 봤을까? 생각하느라 난리였을 텐데. 오늘은 모든 것이 허용되는 날 같았다. 자유로웠다.

사실 나의 자유로움을 타인에게 꼭 이해받고 싶은 건 아니다. 많은 사람들은 타인에게 관심이 없고, 있다고 해도 의미 없는 눈빛일 거라고 생각한다. 그러나 나는 타인의 시선에 신경을 많이 쓰고 사는 사람이며 '나이 마흔쯤이면 이래야 해'라는 시선의 무게 앞에서 자유롭지 못했다는 말이 맞을 것 같다. 그런 타인의 시선이 나는 불편했다. 혼자 다니는 것을 꽤 잘하는 나지만 한국보다 외국이 더 편했다는 건 사실이다.

물론 나는 연예인도 아니고, 그 누구도 알아보지 못하는 사람이다. 타인들은 무심한 시선을 내게 툭 던질 뿐이지만 그것을 받아들이는 내가 불편했다고 설명하는 게 맞을 것 같다. 내가 일면식도 없는 당신들을 신경 쓰고 있기에 눈치가 보이고 불편했고 부끄러웠다. 그래서 나는 언제나 행동의 자유를 스스로 구속하며 살았다고 말하고 싶었다. 그러나 오늘은 츄러스를 먹으며 시나몬 가루와 설탕을 입과 옷에 묻히고 다니는 나를 그저 자유롭게 바라봐주는 그들의 시선들이 좋았다. 어쩌면 내 마음이 타인을 신경 쓰지 않았을 수도 있고.

어찌 되었든 오늘의 이런 느낌을 '행복한 시선의 간섭'이라고 부르고 싶다. 이런 간섭은 언제나 환영이다. 나의 일상을 여행지로 변하게 하는 마법을 홍대에서 느꼈다. "그렇다면 다시 홍대로 가야겠다. 그리고 그 행복한 간섭을 다시 한 번 더 느껴 보고 싶다. 그리고 외쳐야지. '일상을 여행처럼 여행을 일상처럼.'"

내 인생의
Fast Track

'내 인생에 불어오는 원치 않는 바람은 왜 이렇게 힘든가?'에 대해 생각해 본다. 생각한다고 답이 나오는 건 아니다. 그러나 내 인생이기에 답을 찾고자 무언가라도 해야 한다. 답을 찾기 위한 고민과 걱정이 한도 초과가 되면 여행을 가야겠다고 생각한다. 모르겠지만 일단 이곳을 떠나고 싶다는 생각이 간절해진다.

나는 부산에 살았기 때문에 일본 후쿠오카가 비교적 가까운 해외였다. 세상에 수없이 좋은 곳들이 있겠지만 나는 후쿠오카를 좋아한다. 일단 부산에서 가깝다. 음료수 하나 먹고 잠시 멍의 시간을 가지면 도착해 있다. 기내에서 책을 읽어 보겠다고 책 한 권을 손에 들고 비행기에 오르면, 결국 책은 나의 아랫배를 가리는 용도로 쓰이고는 다시 가방에 들어간다. 참 신기하게도 매번 그러지만 나란 사람 일관성 있게 늘 책을 들고 탄다. 지적 욕구가 이렇게 강했나? 라는 생각도 해보지만 꼭 그런 것 같진 않은 것 같다.

어찌 되었든 후쿠오카는 자주 갔던 장소였고, 많은 곳을 다닐 계획이 없는 나에게는 좋은 여행지였다. 후쿠오카라는 곳을 보면 넓은 지역이겠지만 내가 가는 곳은 몇 군데로 한정되어 있었으니까. 하카타, 텐진, 오호리 공원, 롯폰마츠 등 늘 가던 집에서 우동과 소바를 먹고 야키소바와 카레와 돈가스를 먹는다. 늘 가던 빵집에서 내가 좋아하는 빵을 산다. 새로운 곳을 가끔 가기도 하지만 익숙한 곳이 좋다.

여행은 언제나 좋지만 다양한 고민에 지쳐있을 때는 그저 무계획으로 떠나고 싶다는 마음이 간절했다. 그래서 여행 계획도 세우고 싶지 않았다. 그런 부분에서 익숙한 여행지가 있다는 건 행복한 일이라고 생각했다. 해외니까 이웃집 드나들 듯 가지는 못하더라도 언제든 떠날 수 있는 익숙한 공기 분위기가 있다는 건 좋은 일이다. 나는 사람들에게 이야기한다. 자기만의 익숙한 여행지를 만드는 건 좋은 일인 것 같고. 국내든 국외든 상관없다. 내 마음이 편히 쉴 수 있는 곳이 있다면 이미 그 존재만으로도 하나의 위로가 되니까.

얼마 전 삶에 너무 지쳐있다는 핑계를 대고 급하게 후

쿠오카로 떠났다. 그렇게 후쿠오카 시내의 쇼핑센터를 돌아다니다가 지하에 있는 와인바를 발견했다. 손님이 많이 없어서 들어가고 싶었다. 와인도 먹고 싶었고. 손님이 많이 없어야 들어가기 편하다고 생각하는 건 나만의 생각일까? 아무튼, 그럼에도 혼자 들어가는 게 민망했다. 여행자로서 용기를 냈다. 일단 자리에 앉아 스파게티와 와인을 주문하려고 했다. 그런데 그 시간은 내가 원하는 스파게티가 주문되는 시간이 아니었다. 1차 멘붕이 왔다. 다급해진 나는 직원에게 화이트 와인과 어울리는 안주를 추천해달라고 했다. 그러나 그 직원은 당황해하면서 우물쭈물했다. 2차 멘붕이 왔다. 황급히 번역기를 돌렸는데 제대로 번역이 되지 않았다. 메뉴판에 별표가 되어 있는 걸로 대충시켰다. 음식이 나왔을 때 비로소 어떤 음식인지 알 수 있었다. 초코케이크 위에 바닐라 아이스크림 그리고 그 위에 뿌려진 견과류였다. 와인과의 어울림을 떠나서 맛있는 조합이다. 일단 성공이라고 생각했다.

사실 이번 일본 여행은 나폴리탄(스파게티)과 와인의 조합에 빠져버렸다. 그래서 나는 1일 1나폴리탄을 와인과 함께 먹었다. 일본에 맛있는 음식이 가득하지만 나는 또 나폴리탄을 먹기 위해 기웃거렸다. 그러다 그 와인바를 보게 된 거다. 손님이 별로 없던 그 가게는 사장님께는 미안하지만 내게는 더할 나위 없는 행복을 주고 있었다. 시간이 아주 애매한 2시여서 그럴 수도 있다. "나는 여행자이고, 오늘은 어느 시간이든 취하거나 쉬어도 되는 자유가 있는 날이니까"라고 생각했다. 와인을 마시며 노트북을 켰다. 낮이고 약간 취했고 여유로웠고 음악도 좋았다. 음악에 몸을 좌우로 왔다 갔다 하는 내가 있었다. 몸치지만 나는 지금 기분이 좋으니까. "기분 좋다. 이런 날도 있어야지. 나는 대체로 심각한 시간을 보내니까. 고맙다 화이트 와인 2잔." 그렇게 한참을 그 가게에 머물렀다. 빨개진 나의 얼굴과 함께 말이다.

생각했다. "누군가는 혼자 외국에서 무언가를 하는 내가 멋져 보일 수도 있겠다." 아닌가? 나는 그랬다. 혼자서 멋지게 즐기는 사람들을 보면 부러웠다. 혼자 잘 다니는 나도 어느 순간에는 용기가 더 필요한 순간들이 있었으니까. 모든 면에 능숙한 사람도 있지만 우리는 대체로 서툴고, 서툴러 하는 자신을 부끄러워하는 부분을 조금씩 가지고 있는 사람들이라는 생각이 든다. 사실 나는 많이 부끄러워했다고 고백한다.

그러나 삶에서 새로운 것을 자신에게 허용하려면 용기를 내야 한다. 크든 작든 어떤 상황이든 말이다. 그래서 기억하면 좋겠다. 어디에서든 당신이 부러워하는 모습을 한 누군가는 어쩌면 당신처럼 고민을 100번 하다가 101번째 용기를 냈다는 사실을 말이다. 그렇게 하나둘 용기를 내서 어색함이라는 산을 넘어야 한다. 어색함을 넘는 순간 다른 세상을 만나고, 그렇게 만들어진 경험은 나를 발전시킨다. 나는 그렇게 성장한다고 믿는 사람이다. 인생에 빨리 가는 길과 그저 얻어지는 건 없다. 그것이 무엇이든 간에 고민과 좌절, 노력, 땀, 눈물까지 나란 사람의 삶에는 범벅이 되어 있으리라.

나는 언제나 내 인생의 Fast Track을 원했다. 남들은 그렇게 가는 것 같으니까. 그리고 성실히 하나씩 가는 건 끝이 없는 것처럼 보였다. 육십이 되어도 내가 원하는 바에 도달하지 못할 것 같았다. 그러나 시간은 묵묵히 흐르고 나만 난리법석일 뿐이다. 인생의 Fast Track은 없다. 그저 내 인생의 시간을 나름의 방법으로 걸어가는 거다. 난리법석을 피우더라도 말이다.

"나는 늦는 것이 아니라 나의 때를 기다릴 뿐이다. 화사하고 싱그러운 날, 고고한 걸음으로 나의 때가 오기를 바란다"라는 주문 같은 말을 혼자 허공에 뿌려본다.

물론 성격 급한 나는 자주 좌절할 거다. 어찌 아름답게 기다릴까? 그래도 다독이며 가야지. 어쩌겠는가? 사십 대는 생각보다 다독거림이 많이 필요한 나이다. "오늘도 다독다독해요, 나의 사십 대!"

어쩌면 무모함이
기적을 불러올지 모르니까

내가 책을 쓰겠다고 생각한 것이 내 인생에서는 큰일이었다. 수습을 어떻게 하지? 쓸 수 있나? 내가? 무슨 이야기를? 등등의 걱정에 머리를 부여잡았다. 노트북을 손에 들고 다니기 무겁다는 핑계로 검은색 백 팩을 샀다. 일단 글쓰기를 위한 노트북과 가방은 준비되었다. 난감하지만 그것만 준비되어 있었다.

이번 추석 연휴 동안 아침마다 가방을 메고 커피숍으로 출근하는 나를 보며 엄마는 공부를 열심히 하는 줄 알고 있다. "우리 딸이 수석 하면 어쩌지?"라는 그런 눈빛으로 나를 보고 계신다. 집 밖을 나서며 "미안해 엄마. 엄마가 생각하는 그런 거 아니야"라고 마음으로 말하며 황급히 집을 나섰다. '글의 행방은?'이라고 묻는다면? 글의 행방은 알 길이 없고,

나의 마음만 계속 무거워지고 있다고 답해본다. 그러나 어쩌겠는가? 내가 선택한 모든 행동에 대한 책임은 나의 몫이니 어떻게 해서라도 수습해야 한다.

가끔 이렇게 사고를 치고 일을 벌이는 나에게 묻고 싶었다. 모든 일에 결론이 정해져 있다면 우리는 일상이 덜 힘들어질까? 그러면 무모한 도전이나 이상한 선택이라고 부르는 일은 없겠지? 왜냐하면 결론은 이미 정해져 있을 테니까. 어떤 일이라도 그냥 하게 되는 게 아닐까? 그러면 두려움은 없어지겠다는 생각을 했다. 어떤 일은 행복할 거다. 이미 정해져 있는 결론이니까. 그런데 새로움 없는 결론이 정해진 일은 시시해질까? 노력이란 단어는 없어지지 않을까? 어차피 될 일이니까? 무수한 질문을 해본다.

그러면 우리가 말하는 기적이라는 말은 사라질지도 모른다는 생각이 들었다. 기적이란 '무모한 선택과 정해져 있지 않은 미래'에서 신이 주는 선물이라고 생각하니까. 신은 늘 우리의 미래를 불투명으로 만들어 놓고 "너희의 선택과 노력에 따라 선물을 주겠노라"라고 말하는 것 같았다. 공짜로 주셔도 되는데… 신의 세상이든 인간의 세상이든 그저 주어지는 건 없는 걸 보니 여기도 어렵고 저기도 쉽지 않다. 좀 쉬우면 좋겠는데, 이 세상에 태어난 이상 그건 안 되는 일인가 보다.

정해진 미래와 정해져 있지 않은 미래 중 어떤 것이 더 좋은 건지 모르겠다. 그러나 정해져 있지 않은 미래가 있기에 우리가 하는 무모한 무언가가 다른 세상을 열어준다는 말을 하고 싶다. 물론 그 과정은 고통스럽고 쉽지 않다. 하지만 노력과 고통의 길이 끝나고 기적이란 선물이 '띵동' 하고 도착하면 말로 표현할 수 없는 환희가 주어진다.

무모한 도전이라는 건 어렵다. 기적도 아무에게나 일어나지 않는다. 그리고 도전이란 것 자체가 무섭다. 길도 아는 길만 가고, 정해진 점심 메뉴를 먹는 것이 더 편한 나에게 도전이란 건 그 말만으로 부담스럽다. 그렇지만 나는 나를 데리고 살아야 하는 의무가 있는 사람으로서 가끔 내 삶에 수줍은 기적들은 선물하고 싶다. 도전해야 꼭 기적이 일어나는 건 아니지만 아무것도 하지 않으면 아무 일도 일어나지 않는다는 것을 아는 나이는 되었으니까.

사실 나는 두려움이 많다. 안 그래 보인다는 사람들은 좌우 2cm씩 올라간 나의 미소에 속은 거다. 그런데 엉뚱하고 뜬금없이 일을 벌이기도 한다. 어쩌면 그 엉뚱한 무모함이 나에게 기적을 가져다주지 않을까? 라는 소심한 희망을 품어본다. 가끔 아무 계획 없이 휴게소에 가서 간식을 사 먹고 온다든지, 공항에 가서 여행 가는 사람처럼 커피를 마셔보기도 한다. 비행기 기내식을 특별식(야채식, 종교식 등)으로 바꿔서 먹어보기도 한다. 책을 쓰겠다고 하거나 예상치 않은 것들을 배우기도 하며 혼자 매일 바쁘게 산다.

예측할 수 없는 나는, 앞으로도 예측할 수 없는 사람으로 살고 싶다는 생각을 해본다. 심각한 거 사십 년 했으면 좀 지겨우니까 엉뚱, 발랄, 무계획 이런 길도 이제는 가보고 싶다. 그러나 이렇게 말하면서도 내 다리는 떨고 있다. 그 다리 부여잡고서라도 해보고 싶다. 그래서 요즘은 "무모하게 던져보면 어때? 자기 인생인데. 누가 뭐랄 거야. 그리고 한 번이라도 내 마음대로 무계획적으로 나답지 않은 일을 해본다고 세상이 뒤집힐까?"라고 마음도 먹어본다.

그렇게 10년쯤 뒤에 나의 오십 대가 나에게 "나다, 이 녀석아! 오십으로 오는 길에 뭐든 도전해 봤어? 해봤으면 된 거야. 그리고 무모하고 엉뚱한 시간도 보냈어? 그 시간이 너를 행복하게 했고? 그럼 됐다. 그리고 진짜 너로 사는 걸 찾았니? 만약 못 찾았으면 오십 대에 찾자. 걱정하지 마. 그리고 어느 시간을 살든 너였으면 된 거야. 알겠지? 오십까지 오느라 수고 많았다. 이제 내가 너의 오십을 살아볼게. 바통 터치하자. 고생했다. 사십 대." 이렇게 말해주면 좋겠다고 상상해 본다.

인생에 물음표만 가득한 나에게 드라마 〈질투의 화신〉에 나오는 대사를 던져본다, "자기 인생에 물음표 던지지 마. 느낌표만 딱 던져. 물음표랑 느낌표 섞어서 던지는 건 더 나쁘고. 난 될 거다! 난 될 거다! 이번엔 꼭 될 거다! 느낌표! 알았어?"

에펠탑에 가면 사랑이 있을까요?

지은이 | 박나형

펴낸이 | 박영발

펴낸곳 | W미디어

등록 | 제2005-000030호

1쇄 발행 | 2025년 2월 1일

주소 | 서울 양천구 목동 907 현대월드타워 1905호

전화 | 02-6678-0708

E-mail | wmedia@naver.com

ISBN 979-11-89172-54-1 (03810)

값 16,800원